Johann Fercher von Steiwand

Dankmar

Eine Tragödie in fünf Aufzügen

Johann Fercher von Steiwand

Dankmar
Eine Tragödie in fünf Aufzügen

ISBN/EAN: 9783743370807

Hergestellt in Europa, USA, Kanada, Australien, Japan

Cover: Foto ©Andreas Hilbeck / pixelio.de

Manufactured and distributed by brebook publishing software (www.brebook.com)

Johann Fercher von Steiwand

Dankmar

Dankmar.

Eine Tragödie in fünf Aufzügen

von

Fercher von Steinwand.

Wien 1867.

Beck'sche Universitäts-Buchhandlung (Alfred Hölder)
Rothethurmstrasse Nr. 15.

Personen.

Mathilde, Gräfin von Ringelheim, Königin-Witwe.
Otto der Große, Herzog der Sachsen, König der Deutschen, } ihre
Prinz Heinrich, } Söhne.
Dankmar, Halbbruder der Beiden.
Hedwig, seine Mutter.
Eberhard, Herzog der rheinischen Franken.
Bruning, ein sächsischer Edling, sein Lehensmann.

Ritter, Edle, Kriegsknechte, Bürger, Volk.

Schauplatz: Aachen, im zweiten Aufzug vor dessen Mauern.
Zeit: 936.

Erster Aufzug.

(Aachen. Platz. Im Hintergrunde der Dom, dessen Thor offen steht. Rechts und links öffnen sich die Gassen der Stadt.)

Erster Auftritt.

(Dankmar allein.)

Dankmar

(aus einer Gasse kommend).

Wenn ich nicht berste heute wie der Aetna,
So fließt mir so viel Sanftmut in den Adern,
Als Milch und Honig im gelobten Land.
Was! Dieser trockne königliche Junker,
Vertheilt er nicht die breiten Lehn und Aemter,
Als wärens Birnen oder Kieselsteine?
Und Namen und Gestalten schiebt er vor,
Um die noch schwer des Chaos Nebel hangen!
Mich, seinen Bruder, läßt er abseit glotzen,
Wie Vater Finkler weiland meine Mutter!
Ich mag mich räuspern, wie es mir beliebt,

Mag in die Luft verstohlne Quinten zeichnen
Und grüßend mit dem Kopfe Räder schlagen:
Umsonst, der junge Pfau bemerkt mich nicht,
Und sieh, der ganze huldigende Schweif
Hört gleichfalls auf, den Bastard zu bemerken.
Viel Glück, o Dankmar, zu der süßen Zukunft;
Wie wird ihr sanfter Finger dich verzärteln!
Du kannst daheim am Söller bärenhäutern,
In den besonnten Räumen deines Burghofs
Mit Pfeil und Bogen nach den Mücken zielen
Und zur Belustigung mit Pflaumenkernen
Den Schornstein deines Schloßgesinds bewerfen —
So wirst Du groß gedeihen wie der Schierling,
Den Freunden unerträglich und dir selbst!
(Musik hinter der Scene. Es wird ein feierlicher Marsch gespielt.)
Es geht zur Krönung — Otto wird gekrönt.
Ihr Thoren! ob ihr pfeifet, ob ihr knarrt,
Der Mann ist todt, der diesen Münster schuf!
Was wollt denn ihr? vermögt denn ihr zu schaffen?
Die Riesenglieder der Vergangenheit,
Um die die Fäulniß tausendfüßig kriecht,
Mit euren Wolgerüchen auszustatten —
Das ists, was eure Pfiffigkeit vermag.
Und euer rosenblonder Prinz — o welch
Ein Affenspiel! Und horch, vernehm' ich recht?
Er trällert selbst sein frommes Liedchen mit!
Du braves, krönungslustiges Ottonchen,
Es mangelt nichts, als daß du auch noch tanzest,
Wie König David vor der Bundeslade.

Zweiter Auftritt.

(**Dankmar. Volk.** Später **Otto, Mathilde, Prinz Heinrich** mit dem Krönungszuge.)

Volk.

(Mit Jubelruf die Scene betretend.)

Heil König Otto!

Einige.

Heil dem Erben Karls!

Andere.

Heil, Heil dem Sprößling dessen, der da siegte
Bei Merseburg!

Dankmar.

Heil, Heil ihm, der da stammt
Aus frommen Ehebett — und wieder Heil!
Denn Saul schlug Tausend — David noch nicht Einen!

Eine Stimme.

Sei glücklich, Kaiser du bereinst!

Dankmar.

Nur laut
Mein Freund, die Gasse macht Propheten.

(Der Krönungszug tritt ein aus der Gasse rechts. Otto im königlichen Ornat, hinter ihm Mathilde an der Seite Heinrichs, dann Bruning.)

Otto
(indem er stehen bleibt).

Mutter!

Mathilde.

Du sprichst, mein Sohn.

Otto.

Wie alt war Alexander,
Als er die Perser am — wie heißt der Fluß?

Mathilde.

Granikus willst du sagen. Aber Du —

Otto.

Still, dort ist Dankmar!

Dankmar.

Es gefällt?

Otto.

Gefällt?
Traun, nicht gefällt mirs, daß ich vom Gefolg,
Vom jubelfrohen, dich geschieden sehe.

Dankmar.

Verzeiht, mein Fürst und königlicher Bruder,
Ich suche Raum für eine heil'ge Bitte —

Mathilde
(zu Otto).

Errate wol, er wünscht uns zu verlassen,
Er will zu seiner Mutter in die Fremde,
Mit unsrer Feindin die Verbannung theilen.

Dankmar.

Ich danke, hohe Frau! Ihr tragt mein Wort,
Wenn gleich nicht auf dem blumenreichsten Pfad,
Von meinem Herzen zu des Königs Ohr. —
Seid gütig, Herr, und bindet nicht den Mann,
Der mit der Seele schon die Ferne sucht.

Otto.

Es muß verweigert sein.

Dankmar.

Ihr drückt mich sehr.

Otto.

Misdeute nicht. Der tapfre Mann ist selten,
Der einsichtsvolle niemals zu entbehren.
Wir wollen einen Kranz von sieben Tagen
Der heitern Feier unsrer Krönung widmen;
Wir flüchten heut noch aus den dunklen Straßen,
Wir führen Aachen selbst vor seine Thore
Und schmücken seine Felder mit Gezelten.
Wer von der Zukunft Glück und Größe hofft,
Wer mit des Volkes eblerm Theil sich freun
Und Freude singen, Freude lallen kann,

Der ist willkommen, der ist Schmuck des Festes.
Die ersten Männer Deutschlands sind gerufen,
Ein großer Bund der Herzen wird erneuert
Und Ernstes ernstlich in Bedacht genommen.
Du darfst nicht fehlen! Denn im Rat der Helden,
Wer hat ein Recht zu raten, wenn nicht du?

Heinrich.

Ich ordn' ein Spiel mit muntern Bogenschützen;
Versammelt haben sich die besten Namen,
Um ihres Auges Sicherheit zu prüfen.
Du wirst gebeten, wettend mitzuzielen.

Dankmar.

Nicht doch; ich seh' mich ungern überwunden;
Denn Meister seid ihr in der Kunst zu treffen
Und Aug und Seele gebt Ihr Eurem Pfeil.

Dritter Auftritt.

(Die Vorigen. Eberhard gerüstet und mit kriegerischem Gefolge, kommt aus der Gasse links.)

Eberhard.

Dir Wolfahrt, welche nie versiegt, o Sproß
Des ersten Heinrich, der die Sachsen lenkte
Und alle Völker des vereinten Reiches,
Der mild war und gerecht in Wort und Fehde —

Otto.
Ist alles überflüssig; denn wir wissens —
Seid kurz, o Frankenherzog Eberhard!

Eberhard.
Seid kurz, seid kurz — wie das?

Dankmar.
                      Seid kurz wie Däumling,
Wenn Ihr nicht wollt auf nichts verkürzet werden.

Otto.
Beim Haupt des Leun! Wir sind nicht ohne Zorn.
Was naht Ihr frostig in des Krieges Wolke
Und stört durch ein verwerfliches Gerassel
Die gottgeweihte Stunde?

Eberhard.
                Ich? — Der Sachse —
Der Bruning —

Otto.
Bruning — hört, wo ist der Bruning?

Bruning
(vortretend).
Mein König, ich versichre —

Otto.
                  Schweigt, 's ist albern —
Wir haben noch von Euch, o greiser Franke,

Den Fußfall des Vasallen einzufordern,
Entlaßt die Lanzer, regt Euch ehrerbietig,
Entpanzert Euch und folgt uns in den Dom!
(Es ziehen sich alle in die Kirche zurück bis auf Eberhard und Dankmar.
Die Krieger Eberhards haben ihre Waffen abgelegt und folgen den
Uebrigen in die Kirche.)

Vierter Auftritt.
Dankmar. Eberhard.

Dankmar.

Das ist das erste Mal, daß er nicht stottert.

Eberhard.

Zu selten ist in Deutschland diese Sprache,
Um sie beim ersten Anprall ganz zu fassen.

Dankmar.

Ihr wünscht doch nicht, daß er sie wiederhole?

Eberhard.

Verdammt, es ist für einmal schon zuviel!
Und solch ein Neuling! Hätt' ichs nur vermocht,
Zum klaren Worte mich hindurchzuwinden!

Dankmar.

Man kommt bei uns mit Waffen nur zu Wort.

Eberhard.

Mein grauer Helm, mein kahler Werktags-Harnisch,
Die hundert Lanzen hier, die rostgebräunten,

Wie konnten die nur seine Laune schwärzen?
Gewiß, Ihr hättet so viel Licht im Herzen,
Um mich mit einem Lächeln zu beleuchten,
Wenn Ihr der König wärt!

Dankmar.

Was ist das, König?

Eberhard.

Ist dieser Weg nicht auch ein Weg für Schwerter?
Was läuft sein Purpur mir so breit ins Eisen?
Und grade jetzt? — Mein Schwert hat keine Nase,
Um König Ottos Sonntagsschuh zu wittern.
Wer kann dafür? — Ich strich hier übers Feld,
Um harmlos meiner Fehde nachzuwandern,
Da fiel mir ein: du mußt nun doch dem Otto,
Du mußt ihm doch den Staub des Kampfes zeigen,
Den dir dein Lehensmann aus Sachsenland,
Der falsche Bruning, in das Antlitz streut.
Ich wollte gegen den rebell'schen Sachsen
Den Sachsenherrn zu meinem Anwalt nehmen,
Man kann, bei Gott, nicht holder sich bequemen.

Dankmar.

Der Sachse Bruning? — Ei, besinnt Euch, Fürst,
Der stand geputzt als Glied im Krönungszug
Und schnitt, der Dämpfung Eures Stolzes froh,
Ein so verletzend höhnisches Gesicht —
Auch Eure beiden Söhne sah ich dort.

Eberhard.

Dahin gehören sie. — Sind junge Hirsche
Und in die Zukunft mädchenhaft verliebt,
Als wär' die Zukunft eine Nachtigall.
Sie haben Zeit beim Fest mich zu vertreten;
Was kümmert sie mein Zank? — Doch dieser Bruning!
Der Schuft ist zahm und treu gewärtig hier;
Inzwischen läßt er meine Burgen schatzen
Und mein Gesind durch seine Söldner plagen.
Der listige Gesell! — Ha, gilts mein Recht,
Ist mir kein Dom zu hoch geweiht — he, Lanzer!

Dankmar.

Wo sind sie?

Eberhard.

Hex' und Zauber!

Dankmar.

Weggeblasen!

Eberhard.

Hört, Prinz, die Rücksicht für den König —

Dankmar.

Greift
Besorglich tief —

Eberhard.

Wie meint Ihrs? —

Dankmar.

          Eberhard!
Mit Ingrimm seh' ich Eure Stirn gekränkt,
Die Heldenschulter zitternd vorgeneigt —
Ihr sagt mir mehr, als Ihr vermögt zu sagen!
Mit kalter Arglist wirkt ein rauher König
Und webt verräterisch um Euch die Schlingen.
Ein feiler Lehensmann ward aufgeboten,
Um Euch zu stacheln, Euch hervorzulocken,
Den Löwen aus dem schirmenden Gehäge.
Heut fielt Ihr der Erniedrigung zur Beute,
Doch morgen ist Vernichtung Euer Loos.
Denn all zu mächtig wachst Ihr in das Reich!
Euch glüht die schwere Traube von Burgund,
Um Eures Hauses weites Erbe rankt
Der wälderreiche Taunus seine Gürtel,
Um Eure Burgen, Eure Städte reihn
Die fernen Alpen ihre Silbersäulen
Und mit der reichen Flut der raschen Donau
Verbreitet sich die Strömung Eures Willens.
Wohin ihr neigt, dort ist Gewicht und Macht,
Selbst Eure Freundschaft muß gefährlich scheinen
Und Arges muß Euch d i e s e r König schwören!

       Eberhard.

Mein Prinz, ich bin ein seelenguter Herr,
Ich bechre gern und nicht aus kleinen Bechern,
Und kann ein lustig Verslein trefflich hören;
Ich würd' im Notfall selbst zum zweiten Mal

Ein Königsdiadem mit frommer Inbrunst
Nach einer fremden Vogeltenne tragen.
Doch könnt' ich heut die Pest aus Wälschland rufen
Und meinen Grimm in einem Blutbad laben,
Ich setzte meines Scheitels Silber dran.
(Ab in den Dom.

Fünfter Auftritt.
Dankmar. Hedwig.

Dankmar.

Sieh da, was naht hier so geheimnisvoll?
Welch eine düster würdige Gestalt!
Der sichre Gang, der eble Schnitt des Körpers,
Die ausdrucksvolle Freiheit der Bewegung —
Das redet unbegreiflich mir zu Herzen!
(Hedwig tritt auf aus einer Gasse kommend.)
Ach! meine arme, schmerzgeprüfte Mutter —
Doch dir voraus weht königlicher Odem!
Ich küsse dich, als wärst du der Azur,
Nach dessen kaltkristallnen Lichterinseln
Wir einstens unsre Anker schwingen werden.

Hedwig.

O Dankmar, Kind, o sprich, wie steht's um dich?

Dankmar.

O schlecht, o schlecht, beweinenswerte Frau,
Ich haft' und singe zwischen schroffen Klippen
Gleich einer heisern Riesen=Aeolsharfe,

In die der schwarze herbstliche Orkan
Mit Hochmut seinen wilden Athem jagt —
O läg' ich, Weib, noch unter deinem Herzen!

Hedwig.

O Dankmar, Dankmar, mein verdrängter Sohn!

Dankmar.

Ach, süße Mutter, vielverschmähte Frau!
Wie hat Verbannung traurig dich verändert!
Weh, deine Haare, wonnig sprießend einst,
Wie tief absinkendes Geflecht der Weide,
Sie nehmen, ungehegt und unbeklagt
Die Nachbarfarbe der Verwesung an!
Die schönen blauen Spiegel deiner Augen,
Die Marter der Entsagung hat sie langsam
In finstre Rahmen weit zurückgeschoben
Und Kummer ackert schrecklich dein Gesicht!
So bitter zahlst du eines Königs Liebe?

Hedwig.

Ach, von den Millionen Feuertropfen,
Mit denen ein verhüllter, düstrer Gott
Das Haupt des Edlen quälerisch beträuft,
Fiel der verheerendste in dies Gemüt
Und glüht unendlich hier im Busen fort.
Ich kann verbrennen nicht, weil ich gerecht,
Doch ruft auch die unwandelbare Macht
Das haftende Verhängnis nicht zurück.

Dankmar.

Und du verschmähst es, betend hinzuwimmern
Und das Entsetzen der verschwiegnen Qual
Durch fromme Selbstbethörung einzuschläfern.
O wie begreif' ich dich, du blutend Herz,
Das Elend hat in dir das schauderbare,
Doch einzig sichre Grundgefühl erzogen:
Daß, ach, wohin wir auch die Seufzer senden,
Uns niemand, niemand angehört als wir!
Um so entschlossner greift mein Herz dich auf!
Fürwahr mich dünkt, als habe die Natur
Mir jeden andern Liebestrieb versagt,
Auf daß ich, Mutter, dich umwinden könnte
Mit allen Flechten meines Eingeweides.
O Mutter, ich beschwöre dich, wir suchen
Das fernste Eiland dieser kalten Schöpfung —
Man muß vereinsamt stehn in beiden Welten,
Um recht zu lieben!

Hedwig.

Wol, o theures Kind!
Doch laß uns erst die große Seele fragen,
Ob wir, die Leidenden, verzichten d ü r f e n.
Die Welt ist dem Mishandelten verpflichtet
Und bringend sind die Rechte des Verkannten.
Entringe dich dem meuchlerischen Schmerz,
Der dich auf stillen Pfaden überrascht,
Du füge jetzt zum stralenden Entwurf,
Den sich die Nächte meiner Qual geboren,

Den kühnen Nachdruck männlicher Entschließung!
O Dankmar, Dankmar, Brennpunkt meines Sehnens!
Es saugt die schönste Ranke meines Geistes,
Es saugt das edelste Gelüst der Sinne,
Es saugt die tiefste, heimlichste Bewegung
In meines Herzens purpurnem Gefäß
Auflechzend tausend Hoffnungen aus dir!
Du, ach, mein einzig schmerzgeliebtes Kind!
Du König Heinrichs armer Bastard nicht,
Du König Heinrichs echterzeugter Sohn,
Und erstgeborner Prinz des Hauses Sachsen,
Du bist mein König heut, du meine Zukunft!
An deinen Schultern hangend huldig' ich
Dem ersten Morgenstrale deines Glückes
Und, deine Stirne küssend, grüß' ich weinend
Den Engel meiner endlichen Erlösung!

(Sie sinkt erschöpft in seine Arme.)

Dankmar.

Stirb nicht, Prophetin, ohne zu vollenden!

Hedwig.
(sich aufraffend).

Gehorcht, ihr kranken Klammern der Natur,
Hier herrscht die Obmacht königlicher Geister!

Dankmar.

Wohin, o Welt, vergibst du deine Kronen? —
Wie thut es weh, ein staunenswertes Ringen
Für schwere Proben nicht gekrönt zu sehn!

Hedwig.

Wie thut es weh, ein großes Herz zu kennen,
Das nicht auch groß nach einer Krone ringt!

Dankmar.

Beim Donner! Wer in beines Hauches Strömen
Zu einem königlichen Steuerruder
Sich nicht mit Allmacht hingezogen fühlt,
Der klomm aus eines Zwerges wundem Finger
Als trübe Made kränkelnd in die Welt.

Hedwig.

Du, Dankmar, bist des Finklers Ebenbild,
Du seiner Glieder heldenschöner Abguß,
Du trägst die Fülle seiner ersten Kraft.
Ich seh' in jedem Abel deiner Haltung
Das Schwungbestreben seiner Seele wirken,
Und der verlornste Zug in deinem Antlitz
Ruft mir den neunzigfachen Sieger wach!
Hinweg mit jener unterschobnen Brut
Der gleisnerischen Ringelheimerin!
Nicht ich, die herzoglich gesalbte Hedwig,
Nur sie, die eingeschlichne Grafentochter,
Sie hat Bastarde in die Welt gezüchtet.
Zu deinen Füßen ist der Sitz der Welt,
Zu deinen Füßen muß der goldne Apfel
Des großen karolingischen Eroberers
Auf seines Zaubers Neubeseelung harren,
Zu deinen Füßen müssen König Finklers

Besiegte Stämme, unterworfne Länder
Der Ehrfurcht altes Tiefgefühl entfalten,
Um deine Sohlen die erschrocknen Kniee
Der überwältigten Vasallen rollen!
Dein Haupt gehört in dieses Münsters Hallen —
Bei Gott, es schreit das Diadem nach dir!
Denn all der Pomp, den jetzt die stolzen Wände
Mit ihrer steinernen Geduld umrahmen,
Ist flücht'ger Schatten ärmlichen Betrugs.

Dankmar.

Dies alles stürzt so donnernd ein auf mich,
Daß ich zuvor erwägend billig frage,
Wie weit ein Gott, wie weit das Ungeheure
Der menschlichen Verzweiflung spricht aus dir.
Denn sieh, wie Merseburgs Prälat betheuert
Und alle Welt ihm beizupflichten eilt,
Warst du des Heinrich ungeratne Liebe,
Warst du des Königs schlechtes Kebsweib nur.

Hedwig.

Zu sinnvoll thätig war des Finklers Jugend,
Als daß sie's hätte über sich vermocht,
Ihr reines Kissen statt mit großen Träumen
Mit Locken einer Buhlerin zu schmücken.
Ich war des Finklers rechtlich Angetraute,
Vor dem Altare laut sein Weib genannt,
Ins zarteste Geheimnis seines Lebens
Durch eines Priesters Segen eingeflochten —

Dankmar.

Dankmar.

Ihr Mächte des Geschicks — — welch tiefes Nordlicht!

Hedwig.

Noch ist die Urkund dessen nicht vermodert,
Noch leben mir unzweifelhafte Zeugen
Und manches Fürstenhaupt erkannt' ich heut,
Das einst sich mir, der Herrscherin, gebeugt.
Nur eines Feldzugs rascher Zwischenfall
Begrub den Glückwunsch mir der deutschen Völker,
Begrub der Trauung lautes Festgepränge,
Das sich die Zeiten ins Gedächtnis pflanzen.

Dankmar.

Schon fehlt mir Maß und Ruhe, dich zu fragen,
Wie sich das Glück zum Gram hat umgestaltet.

Hedwig.

O Dankmar, hören mußt du — hören? Mann, ich fordre,
Daß du für meiner Worte Inbegriff
Die brennenden Organe deines Zorns
Mit jeder Macht in dein Gehör verpflanzest!
Denn, Dankmar, du mein Schwert nun — alles, alles,
Was deutungsvoll durch meinen Ausdruck waltet
Und unterschlagner Thränen Dolmetsch ist —
Es mag als Schrei vergifteter Erinnrung,
Es mag als Aushauch jahrelanger Pein,
Es mag als Furche tiefen Rachedrangs
Von meinen Lippen, meinem Antlitz reden:

Du sollst wie Feuer das gemischte Erz
Es jetzt in deinen Geist hinübernehmen,
Du sollst es deinen Träumen zugesellen,
Es wälzen mit der Wallung der Natur,
Auf daß es, rasch zu Handlungen geläutert,
In heißen Bächen deiner Brust entströme.

Dankmar.

So rede, Weib, ich höre mit dem Ohr
Der dumpf aufkochenden Gewitterschwüle.

Hedwig.

O dürft' ich nimmer jener Zeit gedenken,
Da ich als nackte Winzigkeit der Schöpfung
Dem Mutterschoß erathmend mich entwand!
Da wars, o Dankmar, daß ein rauhes Schicksal
Sein Graungespinnst um mich zu ziehn begann.
Von heiligen Gelübden überflutend,
Verband sich mein betagtes Elternpaar,
Dereinst die warmen Rechte meines Lebens
In eines Klosters Dunkel zu begraben.

Dankmar.

Mein Geist erglüht in feuerheller Ahnung!

Hedwig.

So wuchs ich bangvoll in des Vaters Haus
Der schwarzen Unerbittlichkeit entgegen,
So ward ich Jungfrau —

Dankmar.

— blühteſt leuchtend ſchön —
Es ſchwingt dein Name ſich von Gau zu Gau,
Es wiegt dein Zauber ſich im Reiz des Liedes,
Es naht der ſtolze Heinrich, wirbt um dich —

Hedwig.

Und trunken von der Stattlichkeit des Freiers,
Vergißt die Ruhmbegierde meiner Eltern,
Daß ich dem Himmel bräutlich angehöre —

Dankmar.

Du wirſt vermält, wirſt Herrſcherin der Sachſen —
Ihr fügenden Dämonen, fügtet ihrs?

Hedwig.

Du rollſt, o Kind, mit einbildſamen Geiſt
Das Rundgemälde meines Glückes auf.
O daß ich dir den Drachen nennen muß,
Der drüber ſchwoll in tückiſcher Empörung!

Dankmar.

Wer denkt ſich die Verſchmitztheit als Geſtalt,
Und ruft nicht unwillkürlich aus: Mathilde!

Hedwig.

Sie fliegt von Ringelheim nach Merſeburg
Und wühlt und hetzt —

Dankmar.

— der Kirchenfürst erglüht,
Zermalmt die Ehe dir mit Fluch und Trennung,
Nennt Kebse dich —

Hedwig.

— und Bastard dich, den Sohn!

Dankmar.

Prälat, Prälat, den Segen konnt' ich missen!

Hedwig.

Mein Antheil waren Thränen und Verbannung —

Dankmar.

Du arme Hagar —

Hedwig.

— während die Verhaßte,
Des Herzogs Lager feierlich besteigend,
Vor aller Welt in meine Rechte trat.

Dankmar.

Die unverschämte Sara!

Hedwig.

Dankmar, jetzt,
Da König Finkler König ist der Schatten,
Da seines Götterblicks Unnahbarkeit

Mich nimmer in die scheue Ferne bannt,
Zum Schweigen mich, zum folternden, verdammend —
Jetzt bin ich mit dem Geist des Aars bei dir!
Jedweder Hauch von mir ein Schrei zu dir,
Jedwede Regung ein Befehl zum Kampf,
Jedweder Puls ein Lechzen nach dem Sieg!
Hat nicht die trübe Zeit der Unterdrückung
Dich ins Geringe langsam eingewöhnt
Und mit dem Rang der Knechtschaft ausgesöhnt;
Hat nicht der Blitz der Mächt'gen über dir
Dich ratlos und für Schwankungen empfänglich,
Für Schwert und Schwung dich ungelenk gemacht;
Ist nicht dein schwerbetroffnes Herz schon längst
Den unfruchtbaren, niedrigen Bedenken,
Des Friedens feigem Wolgefühl verfallen:
So sei jetzt Mann! — Erstreite deiner Mutter
Des Witwenschleiers ungetrübte Weihe,
Da ihr der Ruhm der Gattin ward verkümmert.

(Ab.)

Sechster Auftritt.

Dankmar
(allein).

O welch verschlafne Magd ist die Natur!
Da läßt sie mich in dem Gefühl des Bankerts
Nach mattem Glanz entlehnter Würden schmachten,
Sie läßt im schiefen Model blöder Ehrfurcht
Der Glieder schlanke Triebe mir verkommen.

Und schweigt verstockt, daß sie die Stirne mir
Zum Polster für Karfunkel eingerichtet!
O Dankmar, schäme dich! — Ha, bissest du
In deiner Galle zwecklos nicht um dich
Gleich einer rasch entzweigehaunen Natter,
Statt mit dem Feuerschlich des sichern Blitzes,
Den Donner überhüpfend, breinzuprasseln!
Hinweg die schräge Maske der Gedrücktheit,
Wacht auf ihr Heldengeister in der Brust,
Ihr göttlichen Begleiter meiner Jugend,
Wacht auf und führt das unbeschränkte Wort!
(sein Schwert ziehend).
Und du mein Schwert, mein spiegelblankes Liebchen,
Du lächelst blendend wie des Himmels Blau,
Du sprichst mit zwingender Vertraulichkeit:
Wie schlimm es steh', das Recht erwirbt sich Freunde
Und dem entschloßnen Mann gehört die Welt.
(Ab.)

Ende des ersten Aufzuges.

Zweiter Aufzug.

(Man hört, noch bevor der Vorhang sich aufrollt, Jubelrufe auf der Bühne. Die geöffnete Scene stellt eine große Wiese dar, im Hintergrund mit Gezelten besetzt. In tieferer Ferne erblickt man die Mauern und Türme von Aachen. Der Vorderraum der Bühne ist zunächst bevölkert mit einer Schaar von Rittern und Edlen, unter ihnen Volk und Bürger von Aachen. König Otto steht im Vordergrunde auf sein Schwert gestützt, Prinz Heinrich ihm zur Seite. Die Menge zieht sich, Hüte und Pokale schwenkend und Lebehoch rufend, zu den Zelten zurück, so daß Otto und Heinrich allein im Vordergrund zurückbleiben.)

Erster Auftritt.
Otto, Heinrich, hernach Mathilde.

Heinrich
(nach einer Seite der Bühne weisend).

Bemerkt, ich bitte, königlicher Bruder,
Es nahn besondre Gäste.

Otto.

Ein Besuch,
Fürwahr zu feierlich für unsre Laune!
Wer sind die Frauen?

Heinrich.

Wär's nicht zu gewagt,
Ich riefe: Seht, hier kommt des Königs Mutter!
(Mathilde tritt ganz im Vordergrunde von der Seite her auf. Sie ist klösterlich angethan, doch so, daß man das Purpurgewand hervortreten sieht. Sie ist von wenigen Frauen begleitet, die hart am Eingange stehen bleiben.)

Otto
(Mathilden entgegengehend).

Mit Staunen und Verwundrung grüß' ich dich,
Verehrte Mutter — wie, du nahst geleitlos?
So ganz des weihevollen Glanzes bar?
Wie deut' ich, Mutter, das Bedeutungsvolle?
Was zwingt die frömmste, sittigste der Frauen
Den Kreis bewegter Männer nicht zu scheuen?
O sprich, o sprich, die Neubegier ist groß!

Mathilde.

Mit Staunen und Verwundrung grüßest du
Und drängst am leichten Schaum der Neubegier
An das Bedeutungsvolle dich heran?
Das, o beklagenswertes Königtum,
Das sind die Leuchten, das die Hochgefühle,
Die deines Herrschers Adlerblicke lenken!
O Sohn, auch ohne Widerhall des Worts
In deiner Brust mein Sohn und Heinrichs Blut;
Mit Unmut und Verzagen such' ich dich
Und steh' vor dir, wie wer die Brände flieht,

Die der entbundne Flammenmut des Aufruhrs
Nach unserm Sitz mit wildem Eifer schleudert.

Otto.

Bei meinem Haupt, du sprichst, um zu verwirren,
Den Dienst belohnt der Klare dir mit Schweigen.

Mathilde.

Mein frommer Psalm begrüßt die fünfte Sonne,
Seitdem das Weichbild dieser Stadt lebendig
Den Festglanz deiner Krönung widerspiegelt.
Der große Tag, des Schauspiels tiefer Ernst
Vermengt sich mit dem Taumel des Genusses,
Der lose Trieb, der lockre Sinn entschwirrt
Am leichten Pfeil der unbedachten Zunge
Und schwärmend irrt das aufgeregte Blut.
Die Stunden fliehn im Wettgewühl des Tanzes
Zur Urzeit heim, auf Nimmerwiederkehr —
Ob Gottes Sonne Pol für Pol verkläre,
Dein Jubelschwarm und du, ihr seid es nicht,
Um deren Haupt die G n a d e Gottes leuchtet!

Otto.

Beim unerforschten Haltpunkt der Gestirne!
Der Gott, der mir den Hammer in die Faust,
Mir vor die Brust den Harnisch wachsen ließ,
Das ist der Gott auch, ist derselbe Gott,
Der meine Seele mit der Macht des Klangs,
Der meinen Geist mit Munterkeit beflügelt.

Das ist mein Glaube, Mutter, ist mein Glaube!
Du holde Silberglut des jungen Morgens,
Du heller Wiederschein in meiner Brust —
Den Armen, dem der Gott im Busen schweigt,
Ihn mags verlocken, alles Lebens Urquell
Im Dunstkreis eines Klosters aufzuspüren!
Doch was er auch ergründe und erträume,
Der Gott des Griesgrams und der tauben Andacht
Ist nicht der gute Gott des deutschen Volks,
Das ist mein Glaube, Mutter, ist mein Glaube!

Mathilde.

Nun aber sprich, wie soll die Kirche dir,
Wenn du bedrängt bist, ihren Trost eröffnen?

Otto.

Es tröstet sich der Mann am besten selbst;
Denn mit dem Mann ist Gott und Gottes Rat.

Mathilde.

Nicht deines Vaters Genius spricht aus dir.

Otto.

Gewiß nicht, Mutter, denn es sprach der meine.

Mathilde.

Ein bittrer Genius, der es dir verhehlt,
Daß dir mit jedem Windhauch, der dich trifft,

Der geifernde Verrat entgegenzischt;
Ein wackrer Genius, der dich so verblendet,
Daß du den Todesengel nicht erschaust,
Der über dir die blut'ge Schwinge prüft.
O schlimmberatner König, blick' um dich!
Im Hellen und im Dunkeln rinnt das Gift
Empörerischer Worte durch das Land.
In tückisch-wilder Eile fliehn die Rosse
Geheimnisvoller Boten auf und ab.
Es rühren sich die Mächte des Verderbens
Und lassen ihr bedrohendes Gesicht
Bis an die Türme deiner Hauptstadt ragen!
Kein Feld, kein Forst von Andernach bis Köln,
Wo nicht der Glanz verwegner Speere blinkte,
Kein Dorf, kein Gau von Lüttich bis zum Rhein,
In dem sich nicht entflammte Wünsche kreuzten;
Dies Aachen selbst erliegt dem Schlangenzauber,
Den ein ergrimmtes Weib gewaltig übt,
Und Dankmar heißt die wilde Feuerseele,
Die solchen Brand um deinen Tron entzündet.

Otto.

Der Dankmar, Mutter? — Er? mein Bruder? — freilich,
Es ist dein Sohn, den du nicht hast geboren.

Mathilde.

Ein ätzend bittrer Dank, o König Otto,
Daß ichs nicht war, die dir den Haß geboren.

Otto.

Der Dankmar, Mutter? — Preise du vielmehr
Den höchsten Schirmherrn aller tapfern Fürsten,
Daß er den Mann mir rüstig zugesellte,
Der meines Herzens tiefste Sprache wittert.
Der Dankmar, Frau, das ist ein ganzer Mann,
Der Mann der Götter und des Vaterlandes!
Bei Gott, das Auge dieses Edelfalken
Entnahms dem Wetterleuchten meines Schweigens,
Daß ich den Marken des verschmitzten Dänen
Ein fürchterliches Jagen angesonnen.
Und sieh! mein Vogel ahnt geschäft'gen Morgen,
Er wacht schon, regt sich, schüttelt sein Gefieder
Und weckt des Kampfes schlummernde Genossen.
Er reizt die Schläfrigen, erfreut die Muntern
Und facht mit nimmer müdem Flügelschlag
In Höh' und Tiefe jede schöne Glut!
So rüstet Falke Dankmar sich zur Jagd
Und fühlt mirs ab, daß er erkoren ist,
Den deutschen Lorbeer an den Belt zu tragen,
Indeß ich selbst den ungezähmten Ungar
Hinunterscheuch' in seine finstern Ringe.

Mathilde.

Mit solchem Tiefblick willst du, weiser König,
Die dunklen Räthsel irdischer Verkettung
Im Umkreis einer halben Welt entwirren?
Mit solchem Tiefblick ob dem Irrgewind

Der rastlos wirkenden Naturen schweben?
Mit dieser Staatskunst —

Otto.

    Staatskunst! welche Staatskunst?
Ihr lügnerischen Geister alles Spiels,
Herauf, erscheint, entschleiert euch vor mir!
Wer unter euch heißt Staatskunst? — Ja, du bist es,
Du mit der Larve des besiegten Heuchlers,
Du mit dem grellen, spitzen Aug des Argwohns,
Dich wälschen Gast, wie zierlich du dich windest,
Dich süßen Kobold kann mein Herz entbehren!
Statt des erheb' ich stolz mein freies Haupt
Und trag' ein offnes freudiges Gesicht
In meiner Völker thätigstes Gewühl.
Da laß ich die Gebieterstimme schallen;
Man schweigt, man hört, man ahnt den starken Willen
Und mit Behagen läßt man mich gewähren.
Vertrauend nah' ich dem beherzten Mann
Und, ha, Millionen fühlen sich urplötzlich
Mir im Gemüt verbunden und vertraut.
Ich sag in Worten, die mir Gott gegeben,
Was mir misfällt, was ich erwarte, wünsche,
Und man entdeckt im Wesen meines Klangs
Verwandten Lebens tieferregte Glut.
O Mutter, Mutter!
Was grollst du mir, daß ich die Sorge hasse?
Und ihr, Sachwalter der bewegten Menschheit,
Bewährt durch Geist, daß es ein Cherub war,

Der euch den König auf die Stirn gezeichnet,
Und seid gewiß, durch eure Marken rollt
Kein warmer Tropfen, der euch nicht mit Inbrunst,
Mit heil'gem Schrecken vor die Füße stürzte.
Denn unter diesem weiten Rund des Himmels
Bewillkommt jede Kreatur mit Jubel
Die Obgewalt des Geistes und der That —
Das meiner Staatskunst Ur= und Endgeheimnis!

Mathilde.

O wär's die Kunst, die dich und uns errettet!

Otto
(indem er ihr Heinrich vorstellt).

Hier steht der Künstler, der vor mir dich rettet.
Das ist ein Prinz, ein Prinz aus Gottes Hand,
So ganz nach eurer goldverbrämten Staatskunst,
Ich nicht! denn traun, noch hast du's nicht entschuldigt,
Daß ich zur Zeit dir aus dem Schoße sprang,
Als unsres Hauses Name löblich zwar,
Doch niemand als den Finken furchtbar war. —
(Sich tief verneigend.)
Ich neige mich vor deines Trittes Spur,
O fromme Mutter, neige mich so tief,
Als wär's der Pfad des Heilands nach dem Oelberg.
Und folgte mir kein Fürst im deutschen Reich,
Der so die Spuren meiner Staatskunst ehrte,
Wie ich in dir den Stern der Tugend ehre,

So wollt' ich weinend durch das Jenseits irren
Und flehentlich wie ein verzagtes Kind
Vor dich und Gottes Richterauge treten!
(Er zieht sich hinter die Zelte zurück.)

Zweiter Auftritt.

Mathilde. Heinrich.

Mathilde.

So war er stets ein Fremdling meinem Herzen —

Heinrich.

Und bleibt ein Fremdling jeglichem Gemüt.
Durch seines Anstands felsengleichen Trotz,
Dem strenges Regiment Bedürfnis ist,
Durch seines Jähzorns brausenden Erguß,
Der den Betroffnen heillos schrecklich dünkt,
Vor allem durch die schroffe Zuversicht,
Die keines andern Mannes Rat und Hilfe
Vertraulich mild ins Mitleid ziehen mag,
Hat Otto sich im Herzen unsres Volks
Die Hoffnung nicht, die Liebe nicht erzogen.

Mathilde.

O, daß du dich verstündest aufzuraffen —
Zu einer That die Geister zu bewaffnen —
(plötzlich zusammenzuckend)
Graunvolles Nachtbild!

Heinrich.

Was verwirrt dich plötzlich!

Mathilde.

Weh mir und euch!

Heinrich.

Ich seh' dich und verzage.

Mathilde.

Getrost, getrost — — Mir war, als stieg' ein Schatten
An des Gefildes tiefem Rand empor,
Ich sollt' ihn nennen — — Gottes Schirm auf uns,
Ihr guten Kinder, steht für euren Purpur!

Heinrich.

Ich steh' für mich und dich, erhabne Mutter,
Doch für den Purpur steh', wer ihn empfing.

Mathilde.

Vor allem du! — Hat nicht ein Königreich
Den Purpur vor die Wiege dir gebreitet?

Heinrich.

Den freilich nun der Sprößling eines Herzogs
Sich leicht und lustig um die Schultern schlägt!

Mathilde.

Ich seh' mit Scham, was längst mein Herz gesehn.

Heinrich.
Allein du sagst nicht: Nimm!

Mathilde.
Ich sage — horch!

Heinrich.
Wie wirst du bleich!

Mathilde.
Wer führt die Reiter?

Heinrich.
Welche?

Mathilde.
Die mir die Luft verrät! — Vernimmst du nicht
Den dumpfen Wechselschlag von tausend Hufen?

Heinrich.
Dich täuscht —

Mathilde.
Kann sein — — O Sohn! noch ist es Zeit —
Du schaffe Waffen, schaffe die Gefährten!

Heinrich.
Du siehst das Feld mit Helden überflutet,
In jedem Busen schlägt ein Puls für mich.

Doch wer erkühnte sich im bentschen Reich
Zu handeln ohne Eberhard den Franken?
Der aber schüttelt sein ergrautes Haupt,
Wenn ich den Bruder scherzend den **erkornen**,
Mich selber den **gebornen** König nenne.

Mathilde.

Und dennoch, Sohn, wie gerne spräch' ich: Nimm!
Ich Staub vor Gott, ich darf nicht sagen: Nimm,
Was ich mit jedem Wunsch dir zuerkenne. —
Ich wittr' ein allverwirrendes Geschick,
Denn blutig spinnt die Zeit schon ihre Stunden —
Ich weiß wie man den alten Franken fesselt —
Du schaffe Waffen — — Ihr Gewalten Gottes!
Der Boden zittert — fühlst du's?

Heinrich.

Theure Mutter —

Mathilde.

Ein tiefes Dröhnen wandert durch die Schollen,
Bedenklich schwillt der Ton um meinen Fuß —
Das sind des Dankmar wildbewegte Schaaren! —
Mein Sohn, den Arm!

Heinrich.

Mein Arm ist auch der deine,
Den Möglichkeiten weiß er sich gewachsen;
Laß ab, das Undenkbare zu befürchten.

3*

Mathilde.

O theurer Sohn, o Kind nach meinem Herzen!
Wer da gleich mir die Güter seines Lebens
Auf den Altar der weiten Sorge gab;
Wer unabwendbar einmal jedes Jahr
Im Sturm empörter Adalinge stand,
Und Selbstsucht, Meineid und Vermessenheit
Die wilden Reigen furchtbar wechseln sah;
Wer tausendmal in ungewürzten Nächten
Das Aug mit Angst zur hohlen Warte trug,
Indeß die Luft vom Hohn der Feinde schwoll,
Die Türme klafften und die Zinnen klangen;
Wer nach so mancher heiß durchkämpften Schlacht
Das Haupt des königlichen Gatten küßte,
Indeß des Mannes glänzendschönes Blut
In dichtem Born nach seinen Stapfen lief;
Wer sich bedenkt und für die Seinen wagt
Und für ein unermeßnes Ganzes zittert:
Der ist ermächtigt, auch vom Undenkbarsten
Ein mahnungsvolles Bild um sich zu ziehn. —
Mein Sohn, der Dankmar kommt — du schaffe Waffen,
Du schaffe Männer, die die Waffen lieben!
Verbrechen wär's zu sagen: Nimm die Krone!
Denn dir nicht wandte sie der Vater zu;
Doch aller Größe Vater ist der Sieg
Und n e h m e n ist sein brennendes Gebot —
Du schaffe Waffen, schaffe dir den Sieg!

(Mit Heinrich nach der Seite ab, von der sie gekommen.)

Dritter Auftritt.

(**Volk** und **Eble** stürzen in Verwirrung und Lärm nach dem Vordergrund. **Bruning**, von zwei Knechten geführt. **Eberhard**. Später **Otto**.)

Alle.

Blut! Blut!

Einige.

Unsel'ger Haber!

Alle.

Welch ein Unglück!

Zwei Knechte
(den **Bruning** vorführend).

Fort, gönnt ihm Raum und Luft, er ist verwundet!

Bruning.

Ich danke, Freunde, laßt mich ruhig stehn,
Es drang nicht tief, noch bog ich glücklich aus.

Eberhard
(mit entblößtem Schwert hinterhergehend).

Du Wicht, du sächsischer, du kecker Bruning!
Ich wollte, todtbleich wärst du hingestürzt
Und lägst im Sande hager ausgestreckt
Wie ein gefällter Wilddieb — — Glut und Schwert!
Mich Eberhard so höhnisch anzugrinsen,
Als hätt' ein wanderndes Bohemerweib

Mit meinen Windeln Unterschleif getrieben!
Jetzt rede, Schalksnarr, was beblinzelst du,
Beglozest du mein allverehrtes Haupt,
Wie der gehörnte Mond die seichten Barden?
Wer duldets? — Bei den Foltern des Infernums!
Dem Schwert hier thut es leid, daß du nicht röchelst.

Otto
(vortretend).

Ihr hattet Glück, o Franke Eberhard,
Als Euch der mörderische Stoß misglückte.

Eberhard.

Ich schwör', ich schwör', ich will so lange dursten
Und dursten wie die Wüste, bis zwölf Geier
Am Leibe dieses Schustes sich gesättigt.

Otto.

O Eberhard! hochfahrend im Gemüt,
Leichtfertig im Geblüt, wie Ihr Euch zeigt!
Wir hätten so viel Blitz und grimmen Tod
Für Euch im Busen unsrer Majestät,
Wie der gehäufte Dunst des roten Sommers —

Eberhard
(mit grimmiger Ironie).

Ho! Blitz und Donner werfender Monarch,
Erhabner Glanz des jungen Sultanats,
Erleuchteter Chalif — —

Otto
(sein Wehrgehenk schüttelnd).

Fortan kein Wort,
Sonst fällt auf Euren hochverfemten Scheitel
Das eiserne Gewicht des Pipiniden!
Ihr hegt seit Langem Tücke gegen Sachsen,
Wir wissens und sind lüstern, Euch zu zähmen —
Jetzt räumt den Kreis, den unser Aug erleuchtet!

Eberhard.

Hochmüt'ger Keimling eines kleinen Königs —

Otto.

Wer darf die Stätte schänden, wo Wir horsten? —
Befrachtet dreifach Euren stolzen Nacken
Mit abgelebten Hunden, wenn Ihr wollt,
Daß Unser Wort in sanfter Ebbe rolle.

Eberhard.

O Geist des allvergeltenden Gerichtes,
Der du den blinden Staub der Urnen schüttelst
Und aus den Angeln Sonn' um Sonne hebst —
Du darfst nicht fern, du darfst nicht ferne sein!

(Getümmel und Waffengeklirr hinter der Scene.)

Ruf hinter der Scene.

Hurrah! der König Dankmar kommt, hurrah!

Otto.

Wer ist hier König?

Ruf von allen Seiten hinter der Scene.

Dankmar! Dankmar!

Eberhard.

Franken!
s' ist Nacht und Sturm — verkennt nicht euren Führer!

(Fränkische Ritter und Mannen treten zu Eberhard. Sie bilden auf der Mitte der Bühne rasch eine Front, die sich nach der rechten Seite kehrt, von welcher Dankmar kommt).

Otto

(der sich allmälig gegen die linke Seite der Bühne zieht).

Gebt Antwort, Eberhard, wer ist hier König?

Eberhard.

Der Herr des Augenblicks und der bin ich.

Otto.

So macht der Augenblick Euch zum Verräter.

Volksmenge
(mit Bestürzung).

Rings Waffen, rings Verrat!

Otto.

Mein Pferd heran!

Bruning.

Furchtbare Stunde, Zelt und Feld umzingelt!

Otto
(indem er mit beiden Händen sein Schwert erhebt).

Muß durch, muß durch, mit Gott und Karl dem Großen!
(Otto und Bruning nach der linken Seite ab. Die Zelte stürzen zusammen, das Volk verläßt in der größten Verwirrung die Bühne).

Vierter Auftritt.

Eberhard, Dankmar und beider Gefolge.

Dankmar
(von der rechten Seite rasch auftretend).

Schlagt ein, schlagt ein und laßt ihn nicht entrinnen! —
(Er tritt quer über die Scene die Richtung Ottos einschlagend und stößt auf Eberhard, der vor dem Andrang Dankmars mit seinen Mannen etwas zurückweicht und auf der linken Seite der Bühne feste Stellung nimmt. Zugleich reiht sich das Gefolge Dankmars, Ritter und Edle in glänzender Rüstung, versehen mit Fahnen und entblößten Waffen, auf der rechten Seite der Bühne auf.)

Eberhard.

Nicht weiter Prinz, es sei, Ihr stündet Rede!

Dankmar.

Unglücklicher, Ihr nehmt Euch Zeit zu fragen,
Und wißt nicht Zeit zur Antwort mir zu schaffen!

Eberhard
(an sein Schwert schlagend).

Ich bin zum Glück so mächtig als erbittert,
So daß ich Eurer Antwort nicht bedarf,
Um einer Ungewißheit zu entkommen.

Dankmar.

Der Mann von Scharfblick sucht in mir den König.

Eberhard.

Der Mann von Wort verharrt bei König Otto.

Dankmar.

Welch ein Gefühl auch Euer Herz befange,
Blickt auf und seht, denn es ist Sehens Zeit!
Verhehlt Euch nicht den ungeheuren Sturz,
Dem Euer Kiel, dem unser Lebenskahn
Verhängnisvollen Laufs entgegentreibt.
Gleich einem unfaßbaren Riesen stieg
Das Königtum aus unsres Volkes Tiefen
Und klimmt die Leiter des Geschicks empor.
Es zielt mit göttlichem Geschoß nach uns,
Die wir in Würde maßvoll abgestuft
Die Hoheit theilen und von Gau zu Gau
Ein freundlich Licht von ihrem Schimmer tragen.
Die Wackern, Edlen werden untergehn,
Schon seh' ich sie geschleift und hingeschlachtet.
Veröden wird die Stätte guter Fürsten,
Wo das verfolgte Haupt geheiligt war
Und das gebannte Salz und Erde fand.
Kein Lieblingsfürst, kein hochgesinnter, wird
Den Kranz der schönen Ebenbürtigkeit
Um die geweihte Stirn des Sängers flechten,
Kein Eberhard mit gastlich froher Hand
Den Staub vom Arm des müden Fremdlings schütteln.

Die starre Selbstsucht **einer** Herrscherfippe
Wird unverrückbar, unantastbar thronen
Und mit dem Frost der schrecklichen Gewohnheit
Das Schicksal unsres Vaterlandes lenken.
Ein einziger, ein ungetheilter Wille
Wird den beredten Unterschied der Stämme
In einen seelenlosen Einklang zwingen.
Ein harter Geist, **ein** felsenkaltes Herz
Millionen hochgestimmter Geister knechten.
O Eberhard! blickt auf, besinnt Euch wol,
Ihr seid in einem ungemeinen Wagnis
Mit tiefverzweigten Wurzeln mir verflochten
Und Eure Zukunft steht bei meinen Fahnen.
Blickt auf! Denn diese haben sich entfaltet,
Um aller Völker mannigfaltes Leben
In ihrem Schatten freudig zu bewirten.
Laßt unter Gleichen mich den Gleichen sein,
Und, weil es frommt, den Ersten unter Gleichen.
Ihr kennt mein Recht. Ihr standet vor dem Marmor,
Von dem des Christentumes erste Spende
Entsündigend auf meinen Scheitel floß.
Der Ihr der Zeuge meines Glaubens seid,
O steht nicht an, auch für mein Schwert zu zeugen!
Hier, weiht es ein und rettet Euch durch mich,
Erkennet mich, auf daß man Euch erkenne,
Gehorchet mir, auf daß man Euch gehorche!

Eberhard.

Mein tapfrer Sohn, wohl kenn' ich Eure Rechte
Und auch die meinen wünsch' ich mir zu wahren;

Doch wehe, solls durch einen Krieg geschehn,
Der jeden Misklang der Natur entbindet
Und wütend Bürger gegen Bürger schleudert!
Erhabne Vorsicht! welche schwere Proben
Du über unsre Kräfte magst verhängen,
Nur d i e s e s Kelchs entheb' uns und für immer!
Das ist ein bittrer Kelch! Stets muß das Volk,
Die unnatürlichsten Beschwerden tragend,
Des Friedens eble Säfte sich entziehn.
Es wird der Fleiß durch Furcht in Zaum gehalten
Und ist des Landes Blüte im Beginn,
So wird der lohnende Genuß der Reife
In ferner Zeiten Herbst hinausgedrängt.
Kein Kampf erwächst, der sich für Männer schickt,
Kein fröhliches Geklirr und keine Fehde,
Beherzt begonnen und mit Herz geschlossen,
Kein breister Lehensmann ist wider uns,
Den man mit Selbstgenügen wacker züchtigt,
Kein Wegelagrer wirft sich uns entgegen,
Dem man mit Herzenslust die Kehle spaltet;
Es ist ein Würgen, eine Schlacht der Schlächter,
Ein Krieg der Bosheit mit der Niedertracht
Und vom versinkenden Gesichtskreis wallt
Die Glut des roten Elements herauf.
Des ganzen Lebens Früchte setzt man ein
Und der Gewinnst ist Frevel und Verderben.
Unkenntlich werden Sieg und Niederlage,
Denn sie vertauschen gräßlich ihr Gesicht
Und schließlich kämpfen Trümmer gegen Trümmer,

Raub gegen Raub und Asche gegen Asche! —
Wolan, mein Prinz, verfechtet Eure Rechte
Als Mann und Held, der nicht Verkürzung duldet,
Ich werd' Euch weder fördern, weder hemmen.
Allein in einem Krieg, den Ihr entzündet,
Um mit den Flammen unsres Vaterlandes
Den Vollwert Eures Blutes zu beleuchten,
Da, Freund, vergebt, da laßt mein Herz daheim.

Dankmar.

Mit regem Unmut nehm' ich Worte hin
Und höre Gründe nur mit Argwohn an,
Die auf der Spur des Wirkens und des Schaffens
Dem Unkraut gleich vorgreiflich sich geberden.
Das ist das Unglück unsres Vaterlandes,
Das unsres Wesens unheilvollster Fluch!
Wenn einen starken, unbescholtnen Mann
Die Göttin, die bewegende, bestürmt
Und freudig ihn auf ihren Feuerschwingen
In einen Wirbel hoher Thaten trägt:
Da gehn die Trefflichen des Volks bei Seite,
Es wird bedacht, beraten und geraten,
Unheimlich steigt der Wert des hohlen Wortes,
Es hängt sich Vorbehalt um Vorbehalt,
Bedingung sich um lästige Bedingung
In schweren Kettengliedern grausig an,
Und endlich geht im Herzen selbst der Guten
Verdacht und Misgunst leise gährend auf!
So halten wirs seit Hermann, dem Cherusker,

Und haben durch dies peinliche Verhalten
So manchem Biedermann das Herz gebrochen,
Und noch nicht Einen Heldenzweck gefördert.
Erstaunen muß die Mit- und Enkelwelt
Ob einer Art des Denkens und Empfindens,
Die freventlich und widrig-eigensinnig
Das seltne Gold der Schöpferkraft vergeudet —
Nicht weiter hier! — Die alte Galle drängt
Mit herbem Ueberschwang sich aus der Brust,
Ein niegekannter, stechender Verdruß
Bestürmt den Mund, Gefährliches zu sagen.
So steht bei Seit', ich steure rastlos vor
Und steigre meinen Sieg bis zum Triumph,
Euch kette das Verhängnis an mein Rad!

(Dankmar und sein Gefolge machen Miene mit gezückten Waffen vorzubringen. Zugleich füllen sich im Hintergrunde die Stadtwälle geräuschlos mit bewaffneten Männern. Hedwig tritt auf.)

Fünfter Auftritt.

Hedwig. Eberhard. Dankmar.

Hedwig.

Vetter Eberhard,
Der Gram hat sich ermannt und tritt vor Euch
Und weist die Züge Hedwigs — kennt Ihr sie!

Eberhard.

Frau, nennt ein Wort mir, das Euch nicht verwundet,

Hedwig.

Es gibt ein solches — sprecht eins, das mich tödtet.
(um sich blickend.)

Mich dünkt, man kämpft hier mit der Lust zum Kampf—
Mein Fürst, ich bitt' Euch, nehmt hier dreißig Jahre
Der Schmach und Pein als Kampfgenossen an!
Im Ernste, Fürst, das Bündnis wird Euch fördern,
Ihr könnt auf mich in jeder Lage zälen,
Denn ewig zuverlässig ist das Leid.

Eberhard.

O daß ich Jüngling wär' und noch berauscht
Vom schönen Ungestüm des warmen Blutes,
Wol setzt' ich mich auf Eures Schwertes Spitze
Wol rief ich allermunternd durch das Land:
Herab vom Tron mit jenem harschen Otto!
Es flüchte sich der Gram aus Hedwigs Busen
Und lagre sich Mathilden um das Haupt!
Nun aber zieht ein längstgewohnter Kreis
Mein Herz mit rührender Gewalt zurück.
Zwei Söhne nenn' ich Sterne meines Lebens
Ein Kranz von Töchtern blüht in meinem Haus —
Verzeiht, zu kostbar ist, zu wert ist mir
Der Spätgenuß des Daseins, allzu theuer
Das Wohl der Tausende, die mir gehorchen.
Unendlich ist die Kränkung, die Beschämung,
Die mir von Euren Feinden widerfahren;
Allein es hat die gütige Natur
Ein unentnervtes Alter mir beschieden,

O gönnt mirs, Frau, und laßt es würdig reifen!
Und kann ich den gesunden Groll des Herzens
Bei Wein und muntern Liedern nicht verwinden —
Mein Nachbar jenseits des Argonnerwaldes,
Der Händelstifter soll ihn durchempfinden.

Hedwig.

Was soll die Sprache des bequemen Mannes?
Ihr wärt unmenschlich und verstockt genug,
Den tiefsten Jammer einer Menschenbrust
Mit dem gemeinen Sonnenschein zu trösten!
Die Tausende? Wer sind die Tausende?
O könntet Ihr das Weh nur eines Wurmes,
Den Ihr mit Eurem rauhen Sporn verwundet,
Durch Eure tausend Glücklichen versöhnen!
Wann hätte sich die platte Menge glücklich
Und wann im Ernst unglücklich sich gefühlt?
Der Ausgeschiedne, der Hinausgestoßne,
Der jeden Wermut des Gemütes kostet —
Was denkt Ihr? ist sein Schrei aus Mitgefühl
In Ton und Stachel minder herzdurchbohrend,
Als das Geschrei des nimmersatten Trosses,
Der sich im ungezähmten Trieb behagt
Und sich durch Rohheit, sich durch Härte sichert?
Was rückt Ihr Euer Glück uns vor die Schwelle?
Ihr denkt vielleicht den Angstruf unsres Rechtes
Durch Eure Rosenfülle zu ersticken!
Seit wann ist solches fürstliche Gesinnung?
Seit wann ist dies die Satzung tiefer Herzen?

In welcher Ader pulst Euch noch der Ritter?
Was horcht Ihr viel dem Wolklang edler Lieder,
Wenn keines Sängers Geisterton vermag
Euch den Barbaren aus dem Blut zu treiben?

Dankmar.

Und Ihr bedenkt Euch noch, das Wort zu sprechen,
Das ei n e Wort, das jeder edle Mann
Vom ersten Edelmann des Reichs erwartet?

Hedwig.

Was schaut Ihr mich gedehnt und schweigend an?
Bin ich für Euch nicht Herzogin von Sachsen?
O Eberhard, und wart Ihr nicht der Freund
In meinem Herzen und an meinem Herde? —
Als ich verschmäht, verachtet und geächtet
Den glatten Elbestrom hinunterfuhr —
Euch trat ein schöner Thränenstern ins Aug —
Er leuchtet mir noch heut! — O Eberhard,
Ich hab's bewahrt dies reine Pfand der Seele;
Es war mein einzig Licht, ein zartes Licht,
Das mir im Abgrund meiner Qual gedämmert.
O Eberhard! Ihr könnt auf dieses Licht,
Ihr könnt nicht auf den eignen Seelenstral
Des Stumpfsinns unnahbaren Schatten werfen. —
Entsendet Eure Blicke! Krieg entbrennt
Vertilgend zwischen Falschheit und Verzweiflung,
Gesperrt, verrammt sind Aachens heil'ge Thore,
Von Waffen seht Ihr seine Wälle strotzen:

Dankmar.

Dort hat die Schlange sich zum Sprung geringelt!
Hier bäumt sich ein gedrücktes Menschenherz,
Hier greift um sich mit eisernen Gelenken
Unwiderstehlich das verstoßne Recht.
Dort hegt Mathilde sich den Afterkönig,
Hier steht der König Hedwigs und des Schmerzes,
Dort seid Ihr ein Verräter an Euch selbst,
Ein Untergebner, ein Tyrannenwächter,
Hier seid Ihr Retter und Vasall des Reiches!

Ruf von den Stadtmauern.

Hoch Heinrich — König!

Eberhard.

Ha, was soll der Ruf?

Hedwig.

Betrogner Fürst, Ihr ahnt, Ihr wißt es nicht,
Daß Otto, der gekrönte, von den Unsern
Am Strand der Inde ward gefaßt, geschlagen
Und daß er mit entkrönter Stirne flieht?
Ihr wißt es nicht, daß Königin Mathilde
In Aachen frech sich gegen uns verschanzt
Und Ihre Lieblingspuppe Heinrich krönt?

Eberhard.

Undenkbar — nein!

Hedwig.

Bedauernswerter Vater,

Ihr wißt es nicht, daß Königin Mathilde
An Euren Söhnen diebisch sich vergriff
Und sie als Pfand und Bürgen Eurer Treu'
In rauhe, schimpfliche Verwahrung nahm —
(bitter)
Die beiden Augensterne Eures Lebens!

Eberhard.

Das wär' — nein, schweigt!

Hedwig.

Ach, armer Eberhard,
Ihr wißt es nicht, daß Königin Mathilde
Die Jünglinge, die beiden, ebenjetzt
Gebunden auf den Stadtwall führen läßt,
Um Euch —

Eberhard
(verwirrt).

Was, meine Söhne? — wie? wozu? —

Hedwig.

Um Euch durch zwei bestrickende Gesichter
Den Weg der Unterwerfung zu erleichtern —
Und ebenjetzt, in diesem Augenblick!
(Man sieht die beiden Söhne Eberhards unter Bedeckung auf die Stadtmauer treten.)

Eberhard.

Was meint Ihr, Dankmar, sind das meine Söhne?
Ist das mein Konrad, sagt, ist das mein Friedrich?

4*

Dankmar.

O gält' es sie zu holen!

Eberhard.

Tod und Teufel —
Sie beichtet achtmal täglich ihrem Pfaffen!

Hedwig.

O Eberhard, es thut unendlich weh,
Um seines Lebens Stern nur zwei Sekunden
In Thränen stehn zu müssen!

Eberhard
(nach einer Pause Dankmarn heftig die Hand schüttelnd).

König Dankmar!

(Dankmar stürzt seiner Mutter in die Arme.)

Ende des zweiten Aufzuges.

Dritter Aufzug.

Schauplatz wie im ersten Aufzug. Der Platz vor dem Dome ist mit Bürgern von Aachen besetzt.

Erster Auftritt.

(Dankmar tritt aus dem Dom. Prinz Heinrich, ganz im königlichen Ornate, wird von mehreren Rittern Dankmars auf demselben Wege vorgeführt. Zwei Edelknaben, jeder ein Kissen tragend, kommen hinter Heinrich aus der Kirche, bleiben aber im Hintergrunde stehen.)

Dankmar.

Herunter mit dem Gaukler vom Altar,
Heraus mit ihm aus den erhabnen Räumen,
Heraus mit ihm auf den besonnten Markt!
Hier strömt die Neugier Aachens ab und zu,
Hier kann das Auge sehn, das Ohr vernehmen —
Doch halt!
Was bleibt die Mutter unserm Blick entzogen?
Was säumt sie des Erfolges sich zu freun?
Wer forscht nach ihr, wer ruft sie?

(Einige von den Umstehenden entfernen sich.)

Feiner Bruder!

Entäußre dich der ungewohnten Tracht,
Du fühlst es wol, der Tag hat sich geneigt.

Heinrich.

Du fühlst wol nicht, indem du mich erniedrigst,
Daß du die Zeichen zwar der höchsten Würde,
Doch nicht die Würde meines Wesens kränkest.

Dankmar.

Gut vorgetragen, edler Philosoph!
Allein ich denke thöricht wie die Welt
Und seh' des Königtumes ernste Zierden
Zunächst durch den entadelt und entwertet,
Der ihrer sich als eitler Geck bedient,
Als Geck, gesinnungslos und herzensarm.

Heinrich.

Verlockend ists, den Fallenden zu richten,
Wenn man sich selbst vom Glück getragen fühlt.
Beschwerdelos erscheint mir d i e s e Weisheit,
Allein gemein auch wie der Lauf der Welt.

Dankmar.

Wer möchte nicht beim Anblick deiner Schmach
Den Lauf der Welt mit einem Lorber krönen?
Man wäg' ihn ernstlich! — Ob auch seine Krümmen
Dem steten Mann oft widerwärtig scheinen,
Alsbald enthüllt sichs furchtbar überzeugend:
Der Lauf der Welt, das ist der Gang der Götter.

Heinrich.

Heut darfst dus glauben.

Dankmar.

Er nur hegt und hütet
In sich ein unverwelkliches Gewissen:
Er stellt mit unverdrossner Schöpferfreude
Die That dem Vorwand richtend gegenüber,
Er schickt dem schleichenden, gebückten Heuchler
Den Sturm der Wahrheit strafend auf die Fersen,
Er schnallt das Eisen um den Fuß des Tapfern
Und stößt die dreiste Memme zu den Schatten;
Er drückt der unterdrückten Seelengröße
Das Flammenschwert des Engels in die Hand
Und tritt der Selbstsucht auf das Drachenhaupt,
Er weckt die Helden, wenn die Herscher schlafen,
Er krönt das Werk und nimmt dem Schein die Krone.
Drum holdes Scheinbild eines Königtums,
Sei diesmal Welt und krön' in mir das Werk! —
Was zögerst du? — Komm, reiche mir den Scepter.

Heinrich.

Ich aber denke männlich festzuhalten,
Was mir des Himmels Fügung zugetheilt.

Dankmar.

So denk' auch ich. Kraft eben dieses Himmels,
Der ritterlich für mich das Schwert gezogen,
Kraft dieses Himmels, der mir siegen half

Und Zeit und Menschen mir zu Gunsten stimmte,
Kraft dieses Himmels handl' ich wie die Helden
Und nehme selbst den Preis, den ich erobert.
              (Er nimmt den Scepter aus Heinrichs Hand.)
Du süße Kriegslist der verlarvten Sünder!

Heinrich.

Verruchte That, entehrend ohne Beispiel,
Du stammst aus Etzels blutigem Jahrhundert!

Dankmar.

Zu viele prangen in des Rosses Sattel,
Die besser hingen an des Rosses Schweif.

Heinrich.

Und du, mein Volk, du siehst gelassen zu?
Noch hat kein Wind die Luft hinweggetragen,
In der du rieffst: Gott, schütze König Heinrich!
Ich steh' gebeugt, gescholten und mishandelt,
Der unsichtbare Ordner unsrer Rechte
Wird durch den Dünkel niegehörter Worte
Von seinem Sternentron herabgespottet,
Das Vorrecht auch der edelsten Geburt
Durch Uebermut und Frevelmut geschändet.
Was streichelst du die Wellen deines Zornes,
Und wiegst sie wie ein krankes Kind in Schlummer?

Dankmar.

O theures Bruderherz, wie jung bist du!

Heinrich

Weswegen zähl' ich, zählt ein deutscher Fürst
Vergebens auf den Beistand seines Volks?

Dankmar.

Fast hätt' ich Lust, bir Recht und Rechenschaft
So rund und rüstig ins Gesicht zu rechnen,
Daß dieser harte Dom vor Schrecken weine
Und du mit bleichem Mund die Erde küssest,
Von der du stammst! — Gib mir den Purpurmantel!

Heinrich.

Ich gebe nicht, denn du gedenkst zu rauben.

Dankmar.

Ich raube nicht, du gibst, was nie dein eigen.

Heinrich.

Eh' schleif' ich mit dem Fuß ihn durch den Staub.
(Er läßt den Mantel von sich gleiten und setzt den Fuß darauf.)

Dankmar.

Und wird er garstig drum, wenn eine Fliege
Mutwillig hintanzt über seine Falten? —
Gefährten, naht mit Ehrfurcht diesem Kleid
Und hebt es auf! Umhüllt damit den Mann,
Der, weil ers hochhält im Gemüt und Geist,
Gern den erniedrigt, der es nicht erhöht. —
(Man hängt ihm den Purpur um. Dankmar tritt etwas vor und
spricht das Folgende für sich.)

O Dankmar, Dankmar, welch ein Augenblick!
So unergründlich, so bestürmend schön,
Der ersten Dämmerglut der Schöpfung gleich,
Umrollt mich dieses prächtige Gewand.
Erschrocken blick' ich in das Unbegränzte,
Verwirrt in das Getrieb des Inhaltschweren!
Und Er, der einen Gürtel milder Sonnen
Um die empörten Wolkenriesen spannt,
Der nirgends weilt, doch allenthalben wirkt,
Gewinnt vor meinen Augen Majestät
Und fragt mit jedem Sprachrohr der Natur:
O Kind, was führte dich in meine Bahn?
Mit welchem Vorrecht nimmst du meinen Glanz,
Erscheinst im Feierkleide deines Gottes?
Mit welchem hohen, schöpfrischen Entschluß
Besteigst du, mir zur Seite, meinen Tron? —
Du konntest groß und herrlich dich gestalten
Und unter meinen schönbeflammten Augen
Ins heil'ge Dunkel meines Namens dringen;
Du konntest zu den fernsten Sternen greifen
Und Lorbern ernten, die mich dort umsprießen;
Du konntest standhaft unter deines Gleichen
Die goldne Schneide meines Willens schärfen;
Du konntest sinnreich und bedachtvoll thätig
Im wilden Rat der Elemente glänzen
Und ein enttauchtes, unberufnes Irrlicht
Mit Macht zurück in seine Sümpfe schrecken. —
Hier aber stehst du tief in meinen Hallen,
Du bringst gebietend in mein Ungewitter,

Du schwingst dich kühn auf meinen Regenbogen
Und dichtest stolz dir meine Vollmacht an.
Blick auf! Blick auf! die ringenden Gewölke
Umwanken dich mit ihrem Schattenmantel
Und das Gebräng der unentworrnen Nächte
Entwogt dem Abgrund, wächst dir um das Haupt!
Tritt her, der du wie Gott begehrst zu schalten,
Tritt her, o König, jetzt und hauche Licht
Und zeichne der Geleise feste Bogen
In diesen Wirbel streitender Gewalten!
Du aufgeblasnes, spielendes Geschöpf,
Vermagst du dir den Lichtball nur zu träumen,
Den ich vollendet schon im Haupte wiege?
Vermagst du jenen Sturm nur vorzufühlen,
Der, ach, wie bald dein armes Flämmchen töbtet? —
Wie reich, o Dankmar, schienst du dir als Mensch,
Von Thatenlust, von schirmenden Entwürfen,
Von goldnen Früchten des Gemütes strotzend,
Wie bleich, wie dürftig, zwerghaft unansehnlich,
Seit du im Hoheitsrecht des Himmels wandelst! —

(Zu den Umstehenden.)

Was solls?
Umgibt mich plötzlich eine Welt von Marmor?
Ihr seht, ich seufze jedem Wind entgegen:
O wärst du, Wind, der Herold meiner Mutter!
Ihr aber starrt bewegungslos mich an —
Ha, ging's um ein verbuhltes Küssemäulchen,
Ein glattes, seidnes Allerweltsgesichtchen,
Ich wette, ha, ich wette,

Um solch ein Bettelkind an Herz und Witz
Wärt ihr beschwingte Kuppler, flögt wie Tauben
Mit thränensauren Brieflein auf und ab! —
Fort, eilt und sucht! Beneidet jedes Sandkorn
Das unter ihren Tritten ächzt — fort, fort!
(Mehrere ab. — Zu Heinrich.)
Wieso? du fahles aufgeschoffnes Rohr,
Du hast das unbeirrte Selbstgefühl
Im goldnen Schirm der Krone dich zu spreizen,
Indeß mein Geist —
Allmächtiges Verhängnis, was ist Mut?
Unkenntnis deiner Tiefen, tauber Hochmut,
Barbarische Verstocktheit unsrer Sinne!
Der leerste Kopf ist der verwegenste,
Das schalste Herz das überhebungsvollste,
Für feig muß gelten, wer die Götter kennt! —
Herab die Krone —

Heinrich.
Nicht mit m e i n e n Händen!

Dankmar
(schwingt den Scepter über ihn).
Du mußt, Du mußt!

Heinrich.
Du bringst vergebens vor!

Dankmar.
Du bist so frech mein Schwert herauszufordern?

Heinrich.
Zu sterben als ein König ist mein Wunsch.

Dankmar.
Der meine, daß du lebst und dich besinnst.

Heinrich.
Besonnen wärst du, scheutest du die Rache.

Dankmar
Wie schamlos unbesonnen, daß du drohst. —
Ihr Freunde helft ihm doch!
(Die Nebenstehenden nehmen Heinrich die Krone ab. Die beiden Edelknaben treten vor. Einer von ihnen nimmt die Krone auf sein Kissen und bleibt bei Dankmar stehen.)

Heinrich.
      O Zeit, o Welt,
Wer hätte je so viel Verworfenheit,
So wenig Zucht in deinem Schoß geahnt!

Dankmar.
Still, Bruder, still! Du kehre heim zur Amme,
Du konntest ihr, nicht dem Geschick entlaufen.

Heinrich.
Wie hoch und mächtig auch Dein Fittig trachte,
So stumpf, o Dankmar, ist mein Auge nicht,
Daß ich dein Steur nicht schon gebrochen sähe.

Wer zur Gewaltthat auch den Hohn gesellt,
Der ruft die Wildheit unlenkbarer Stürme
Von ihrem Lager zur Empörung auf.
Er kränkt den Himmel, waffnet die Naturen,
Des Schicksals Geister doppelt gegen sich —
Ich geh', um eines Königs Hoheit ärmer,
Du bist an Glanz, doch nicht an Größe reicher.

(Ab.)

Zweiter Auftritt.
Dankmar. Ritter. Volk.

Dankmar
(die Krone in die Hand nehmend, für sich).

Ich könnte dich mit Leidenschaft umklammern,
Uralte Form erhebender Gedanken!
Ich könnte dich mit leichtem Mut bejauchzen,
Wenn du bestrickend mir entgegenschwebst,
Du Kunstwerk von Millionen Zauberhänden,
Die bildend, bindend aus der Menschheit wirken! —
Kann sein, daß dich ein fleckenloser Trieb,
Daß dich die lautre Kindlichkeit der Völker
Dem ungebeugten Haupte des Verdienstes,
Der klaren Stirn der Weisheit zugedacht.
O wundersamer Misgriff des Gefühls!
Es lohnt die Weisheit unverwandt sich selbst
Mit Kronen, die dich himmlisch überstralen.
Und das Verdienst? Ist solches nicht Beruf?
Wer hätte drum schon Anwartschaft auf Kronen,

Weil er des Lebens Mitgift hoch verwertet? —
So scheinst du herrnlos mir und unverwaltet,
Ob die Gewalt auch viel an dir sich übt.
Du rollst dich ob den Häuptern der Geschlechter
Als Spott des Zufalls, Preis des Eigennutzes
Unendlich fort und kennst nicht Plan und Ziel.
Bald fällst du plump auf eines Schwächlings Haupt,
Bald reißt dich gierig ein Tyrann an sich,
Bald duldest dus, daß dich ein Thor entehre,
Dich ein gewandter Bösewicht bemakle;
Kaum jemals gönnt die Welt dich einem Helden! —
Thu' auf, thu' auf die diamantnen Augen
Und sag' uns mit dem seelenvollsten Stral:
Wer soll dich haben? Wem gebürst du, wem
Gemäß der tiefsten Vorschrift des Gemütes?
Wer ists, den die Natur für dich geboren?
Wer ists, den das Geschick für dich erzogen? —
Zwei seltne Menschen, die dich stets entbehren,
Der Hochbegabte, der bescheiden denkt,
Und der Verkannte, der sein Leid beherrscht.

Dritter Auftritt.
Dankmar. Eberhard. Vorige.

Eberhard
(hinter der Scene).

He, Dankmar, Dankmar!

Dankmar.

Eberhard, hieher!
Nie schlug dein Laut so süß in meine Seele,

Nie schien dein Kommen mir so segenschwer! —
Gewiß, gewiß, du nahst nicht ohne sie —
(indem er den Scepter auf das Kissen des einen Edelknaben und die
Krone auf das des andern legt)
Dies Diadem, auf, tragt es ihr entgegen,
Krönt einmal die, die lang und viel geduldet!

(Die Edelknaben mit den Insignien ab. Die Bürger von Aachen, die
seit dem Rufe Eberhards eine bemerkbare Unruhe kund gaben, entfernen sich nach und nach ebenfalls unter Zeichen der Erregtheit.)

Es bleibt der Zeit noch immer Zeit genug,
Auch die zu krönen, die es nicht verdienen.

Eberhard
(eintretend).

Das Aug emporgewandt, hinaus zum Kampf!
Nicht frommt es mehr, daß wir beim Schein verweilen,
Das Wesen heischt ein neues Aufgebot
Von wilden Kräften und von Strömen Blutes.
O schwebte jetzt um uns ein milder Gott,
Der solchen Wortes Dringlichkeit beschämte!
Wir alle stehn hier wie auf einem Eiland,
Um das das Meer, das wütend aufgewälzte,
Lavinenmächtig seine Fluten häuft.
Der bittre Otto, den wir in die Schatten
Zurückgesprengt des rauhen Waldgebirges,
Er, mehr von uns verachtet, als bekämpft,
Er hat sich wie der listige Vulkan
Im breiten Schoß der See nach kurzem Schlaf
Zur frischen Flammenthat emporgerüttelt.

Unheimlich ist zu schaun das Heergefolg,
Das gliedlos wie der Werwolf ihn umschweift
Und seine Schlingen aus dem fernsten Dunstkreis
Um unsre Hauptstadt eng und enger zieht.
Und nie gesehn und sinnverwirrend neu
Ist diesmal Art und Ansehn unsres Feindes.
Die starre Einfalt der beschränkten Hütte
Ward angelockt, mit trüber Glut geschürt
Und schäumend kocht der urtheilslose Grimm.
Der ungelenke Knecht der harten Scholle,
Der zahmste Siedler kaum beschrittner Thäler,
Der Schwarm der Ewigträgen jagt nach uns
Und scheint in Hund und Häscher umgezaubert.
Die Axt versucht sich im Beruf des Schwertes,
Das duldende Gespann, vom Pflug gerissen,
Ist mit dem Zorn des Krieges ausgerüstet
Und Knapp' und Knabe regeln den Galopp,
Kurz, heiß ist auch der frostigste des Volkes,
Dich und den Sieg der Deinen zu besiegen.

Dankmar.

Ihr sprecht mit Furcht von denen, die mich hassen,
Und diese Furcht ists, die mich fürchten läßt,
Ihr schweigt mit Angst von denen, die mich lieben,
Und ängstet auch den Sichersten durch Schweigen.

Eberhard.

Ich? fürchten? — nein! Doch ists ein neuer Krieg,
Der jeder frohen Farbe sich begibt

Und seines Preises teuflisch sich versichert.
Denn nievernommen unter Deutschlands Himmel
Ist Feldgeschrei, ist Sprache jenes Heeres:
Hinweg mit Dankmar! Fort mit Eberhard!
Dem alten Zwist der Großen sind wir Gram,
Es gibt ein deutsches Volk auf deutscher Erde,
Das will sein Recht, will seinen König haben!

Dankmar.

Bei allen Geistern der Geschichte schwör' ich,
Sie sprechen aus dem Vorhof der Vernunft;
Ich wünschte, jeder wär' in sich ein König
Und stünd' als Mann vor seines Rechtes Marken.

Eberhard.

Bei allen Geistern der Geschichte schwör' ich,
Ihr liebt es, drollig wie die Märchengötter
Ins weite Horn der Albernheit zu stoßen!

Dankmar.

Die Mutter, Fürst, die Mutter! Nur zwei Silben,
Nur einen Hauch, die Seele von zwei Silben!
Ihr aber drückt auf tausend Silben tausend
Und presset Gift, die Langmut mir zu töbten.
Beschüttet mich mit einem Strom von Weisheit,
Mit einem Wolkenbruch von Rat und Warnung —
Hier in der Brust, hier bonnert eine Harfe,
Die jedes Rufers Donner übertönt!
Bei allen Teufeln der Verdammnis, redet,

Wenn Ihr nicht wünschet, daß der fahle Zorn
Das letzte Blut mir außer Umschwung setze!

Eberhard.

Unglücklicher, Ihr drängt mit aller Wut,
Daß ich des innern Sturmes mich entlaste. —

Dankmar.

Ihr kündigt Euch so tiefbeklemmend an,
Dem Ton der Wolke gleich, die hinter sich
Auf Lust und Ueppigkeit und grünes Leben
Den stummen Jammer der Verödung breitet.

Eberhard.

Sie ward —

Dankmar.

Sie ward gefangen!

Eberhard.

— ward in Ketten
Vor meinen Augen aus dem Kampf gerissen!
Vergebens trug die ritterliche Jugend
Das Rot des Lebens in die Nacht des Todes,
Um sie der Nacht der Qualen zu entwinden;
Vergebens warf ich selbst mich ins Gewül,
Und holte mir den reichen Schmuck der Wunden,
Von dem noch jetzt des Blutes Perlen hängen —
Die Kunst der ränkesüchtigen Mathilde

Bewarb sich um das Bürgerrecht der Hölle —
Uns warb ein edler tabelloser Sieg,
Doch ihr der Stolz vermaledeiten Ruhmes. —
   Ihr hattet Aachen schon gefaßt im Norden,
Den ersten Ring erstiegen, mir die Söhne
Durch einen Meisterzug des Kriegs erobert.
Ich war indeß mit auserlesnen Mannen
Bis an des Thores Bogen vorgerückt,
Das gegen Burtscheid seine Mündung richtet.
Hier war es, wo der Wechselmord begann.
Hoch über uns die rührige Mathilde,
Am Saum des Walles allumstrickend thätig
Wie die verruchten Täuschungen der Nacht.
Wir unten fielen stürmend vor das Thor,
Erbittert durch den pfeilbewölkten Wind,
Der schwirrend sich von allen Schanzen schwang.
Zertrümmernd prallten, wälzten wir uns an,
Beschleunigt wirbelte der Schläge Wut,
Mit ehrner Faust verband sich uns das Glück.
Die Riegel knarrten und die Pfosten stürzten,
Gespalten sank das Thor vor unserm Tritt
Und breit geöffnet lag der Schlund der Stadt!
Doch weh dem Jubelschrei, der uns entfuhr!
Wir hatten kaum uns durch den Spalt gedrängt,
Als rechts und links ein tückisches Gemisch
Verfluchten Brennstoffs uns entgegenschmolz
Und uns den Fuß mit Flammen übergoß.
Dem Schrecken dienstbar, wandte sich die Ordnung,
Es wandte sich das mutigste Gesicht

Und blind, entgeistert stand die Ueberlegung!
Da flog erregend wie des Himmels Funke,
Der nachts dem Tempel des Azurs enteilt,
Ein Weib heran — und, Hedwig! scholl es rings
Und Dankmars Mutter! klangs aus jeder Brust. —
Gebieterisch gerüstet, hoch zu Roß,
Von meinen Söhnen kriegerisch begleitet,
So ritt sie vor den Vordersten von uns
Und trug mit der Lebendigkeit des Lichtes
Dem Feind die königliche Stirn entgegen.
Entbrennend athmen die Gemüter auf,
Verheerend folgt ihr das ergebne Schwert,
Behend genug, ein Königreich zu stürmen,
Doch nicht behend, doch nicht beglückt genug,
Der Heldin königliches Haupt zu retten!
Im Sturm des Rittes stieß sie vor die Kette,
Die hinter sich das zage Volk gezogen,
Um das Gewind der Gasse zu durchschneiden. —
O daß ein gäher Tod Euch überhöbe,
Das zu vernehmen, was ich jetzo sah!
Denn kaum gestreift entrasselte die Kette
Und schlug, von absichtsvoller Hand gelenkt,
Dem kühnen Weib sich klirrend um die Hüften,
Der Schlange gleich, die ihren Raub umspannt.
So ward sie rasch und rauh vom Pferd gerissen,
So festgenommen, tobend fortgeschleppt
Von dem Gefolg der fürchtenden Mathilde;
Kein Zucken war, kein Sträuben zu gewahren. —
Aufächzend stand ich an des Unglücks Stätte —

Da fühlt' ich leise meinen Fuß umfangen
Und ich vernahm ein wimmernd Lebewol.
Ich sah mit halbgeschloßnem Aug zur Erde —
Da lag viel Blut —
Da lag im Blut ein Spiegel, den ich küßte —
Mein Sohn! mein Friedrich! —
Und Gottes Aether bleichte sein Gesicht. —

Dankmar.

Gefangen! weh, die kaum entwölkte Stirne
Dem wüsten Schergen vor den Sporn gebrückt!
Die oft liebkosten Glieder fortgefegt,
Besudelt mit dem Wegwurf der Natur,
Entstellt, verwundet von des Bodens Riffen!
Gefangen! — O weshalb, weshalb nicht tot,
Ihr Haupt gestürzt, an einem Stein zerschmettert,
Ihr Staub entfeuchtet, mit den Winden steigend?
Wo trieb der Zufall seinen Aberwitz?
Wo stand sein Eigensinn? Was hielt ihn ab,
Mit einem Pfeil, mit eines Panzers Splitter
Den Tod ihr klingend in das Herz zu tragen?
Wo war indeß das Augenmerk der Dolche?
Was schwellte nicht das Feuer seine Dämpfe,
Die Geister ihres Blutes zu verschüchtern? —
Gefangen! — Gräßlich! Laßt michs inne werden,
Laßt die bestürzten Kräfte des Erfassens
In mir zu Athem kommen, laßt in mir
Die grellste Helle des Begriffes leuchten!
Laßt mich das Ufer dieser Brust erweitern,

Die Dämme sprengen, laßt mich Sinn und Sehne
Dem Plötzlich = schrecklichen entgegenbreiten,
Daß ich den Schmerz des Wortes ganz umschließe
Und nach den Gränzen meines Unglücks taste! —
Beim greisen Haar geschwungen, wie die Viper
An des Verlieses letzte Wand geschleudert,
An einen Pfahl und seinen Ring gekoppelt,
Vom Hohn der feigen Gegnerin belagert,
Von jedes Argwohns Schlangenblick gemustert,
Bekriegt vom Hunger und gedrängt vom Henker
Und endlich draußen zwischen Erd und Himmel
Die hagre, kranke, sinkende Gestalt —
Das König Dankmar, das ist deine Mutter!
O Wahnsinn, Wahnsinn, Wahnsinn, Wahnsinn, Wahn=
sinn!

Eberhard.

O theurer Führer, bleibt mir wolgeneigt,
Wenn ich, der gleiche Not um Gleiches duldet,
Des Streites Umschwung freundlicher bedenke.
Wir schritten zwar dem höchsten Ziel entgegen
Und Herrschaft war und Herrlichkeit der Wunsch —

Dankmar.

O dies geliebte Bild der Herrlichkeit,
Das so bestechend wie des Sommers Düfte
Sich um die Glätte meiner Stirne wand,
Dies reizende Gewül erträumter Sonnen
Das über mir versöhnend sich erhob,

Es flüchtet sich wie schwergekränkte Götter
Und tief im Herzen fühl' ich mich verarmt!
Ermatten will die fröhliche Begier,
Das Volk durch seine Helden zu verklären!
Das einzige Bemühn im Vaterland,
Das rauhe, tote Gold in seinen Schächten
Durch reiche Formen blendend zu beleben,
Wie wird es kalt! — Das Große, Schöne, Theure,
Das sich begehrlich in die Brust geschmeichelt,
Das Warmgefühlte eilt zurückzusinken,
Wo die Unendlichkeit die Welle schwingt! —
Lebendig wird ein finsteres Gesetz,
Das Unberechtigte verschafft sich Recht,
Das Rohe wirft sich flutend auf die Stätte,
Um die die Weihe der Gesinnung stritt.
Wie nacktes Eisen legt die Nötigung
Bedrängend sich um jeden zarten Trieb
Und hart wie Stahl, erkältend wie der Norden,
Im vollsten Trotz der unverstellten Größe,
So tritt an mich die herrische Natur
Und wie vernichtend winkt ihr Ernst mich an!
Wie steil sich auch der Strom der Seele bäume
Und der Gedanke sich, der stolze, sträube —
Ich bin ihr Kind, entscheidend ist ihr Wunsch.
Natur ist des Gebornen erster Seufzer,
Natur des Sclaven ausgepreßte Klage,
Natur des Stöhnen dessen, der verscheidet.
Vermessenheit ist was dazwischen wuchert,
Verwerflich ist die Pilgerfahrt der Sehnsucht,

Umsonst entjagen des Gedankens Pfeile
Und unersprießlich wirkt die Lüsternheit,
Mit der wir das Unsterbliche begehren —
Verwesung, Schutt, vielleicht des Freundes Thräne,
Das ist die letzte fürchterliche Wahrheit,
Die unsre lechzenden Gemüter stopft.

Eberhard.

Ganz übermenschlich fühlt Ihr Euch getroffen
Und ungewöhnlich ist der Sinn der Klage.
Das zeigt von großer Innigkeit des Lebens,
Von seltner Neigung, starkem Mitgefühl.
O lehrt uns bald, daß dieser hohe Vorzug,
Der Euch so rührend jetzt beschweren kann,
Gemüt und Geist auch aufzurichten wisse.
Noch lassen sich die Fäden klüglich ordnen,
Die sich verwirrten unter unsern Tritten.
Wie müßt' ein Friede, plötzlich angeboten,
Den kaum erholten Gegner überraschen!
Was hättet Ihr, o Dankmar, einzubüßen?
Den Glanz der Krone? — Freund, o wie beschwerlich
Ist solch ein Schmuck dem Weisen und dem Starken!
Bewahren helf' ich Euch der Krone Macht,
Denn wir verhandeln unbesiegt und einig.
Betrogen wär' Mathild um die Gewalt,
Die Grausamkeit betrogen um ihr Opfer —

Dankmar.

Und wäre die Befriedigung des Herzens
In solchem Friedensschluß mit einbebungen?

Eberhard.

Es wache jeder, der berufen ist,
Den Sieg des Ungemeinen auszubreiten,
Daß er im Stillen nicht sich selbst erliege.
Euch bleibt so viel, was den Verlust ersetzt,
Die ganze Jugend ist für Euch in Flammen
Und Greise wärmen sich an Euren Worten.
Man ehrt in Euch den unbesiegten Degen,
Bestaunt des Witzes muntern Flügelschlag;
Man borgt von Euch der Rede holde Blüte,
Den klugen Griff, den feinen Zug der Sitte,
Und nennt nach Euch das Höchste, das man wagt.
Man schont Euch gern, wenn Euch der Tiefsinn nötigt,
Den klaren Abglanz Eures innern Wesens
In des Verdrusses Hintergrund zu flüchten;
Denn man verkennt der Dinge Misstand nicht.
Doch schmerzlich muß es alle Welt empfinden,
Wenn solch erlauchtes Muster der Gesellschaft
Ins unbegreiflich Fremde sich verliert.

Dankmar.

O, daß es einmal dieses Volk empfände,
Wie das die Schauder übermannend rührt,
Wenn unversehns der Abgrund alles Lebens
Mit hohlen Schlünden uns entgegenspricht!
Es ist ein Leiden, das Vorzüglich=eble
Im unbefleckten Busen großzuziehn
Und fürchten darf sich der erfahrne Mann,
In Zeiten ohne Lieb' und Edelmut,

Den Segen seines Wesens zu verspenden.
Gesteht es nur, es fördern uns die Menschen,
So lang sie sich von uns gefördert meinen.
In allen Dingen quält der Thor den Weisen,
Das ärmste Urtheil weiß an uns zu tadeln,
Die Besten selbst sind wider uns in Waffen
Und wol ist nur dem Rohen, dems gelingt,
Das edle Vollgefühl des reichern Strebens
Mit einer lautern Bitterkeit zu kreuzen.
Der Gast der heut auf unsern Polstern schläft,
Ist morgen schon der Herold unsrer Mängel,
Der holde Freund, das Schoßkind unsres Glaubens,
Begünstigt gern ein Wort, das uns entblößt
Und selbst die Silbermelodie der Gattin,
Leicht umgestimmt, wie giebt sie schlimmen Klang!
Vorbei, vorbei! Was diese Welt auch biete,
Die treuen Augen der besorgten Mutter,
Die lieben Gaben, fern von Eigennutz,
Das Drängen, Schmollen, das kein Zürnen kennt,
Das emsigwache, zärtliche Bemühn,
Mit dem sie unsre kleinen Schwächen schützt —
Wir forderns, nehmens, ohne Dank zu sagen,
Und haben wirs mit Ungedulb genossen
Und unser Herz dem Leben ausgeliefert;
So flüsterts nur zu bald aus der Zypresse,
Die wir auf das zu frühe Grab gepflanzt:
Wem immer du dein Herz voll Liebe schenkst,
Du selbst, o Kind, warst einmal nur geliebt
Und niemals, niemals, niemals, niemals wieder!

(weinend ab.)

Eberhard.

Verzweifelnd forscht die Sorge nach dem Klugen,
Bei dem der Friede sich Gehör erwirkte.
Wir waren, fürcht' ich, kühner als wir sollten;
Bedenklich steigt die Welle der Bewegung
Und faßt verschlingend, was wir retten wollten.

Dankmar
(zurückkommend).

Was, Eberhard! Ihr glaubt wir merkten's nicht,
Wie Euch beim Eintritt die verdammte Bläffe
Verräterisch vom Mund zur Seele kroch?
Ich wollt', Ihr würdet jetzt so rot vor Scham,
Daß neben Euch des Scharlachs Feuerglanz
Wie eine kranke Lilie sich entfärbte!
Dies aufgeraffte, nebelhafte Volk,
Das Ihr so gern der Unzulänglichkeit,
Der Blödheit und Zerfahrenheit beschuldigt,
Dies zahme Chaos, sag' ich's? — dies Gesindel,
Das Ihr mit jedem Stichwort der Verachtung
Von euren Burgen wißt hinwegzuspotten —
Was? Dieser Scheuche fürchtet Ihr, allein
Als Herr und Fürst vors Angesicht zu treten? —
Bei Gott, wenn ich ein lahmes Kitzlein wär',
Ich wüßte, wie man zwischen Axt und Sens'
Ergrimmter Bauern tanzt. — Ihr werdet kämpfen! —
Doch wer Gefahr will, schließe sich an mich!
Denn es besteht im Reich ein Nest von Bosheit,
Das gibt so tötlich scharfen Wind von sich,

Daß jede That, daß jeder brave Sieg,
Den Tapferkeit und Redlichkeit geboren,
Ein ungesundes Dasein erben muß.
Das Nest sei heimgesucht! — Fürst Eberhard,
Ihr kämpft indeß wol nicht als feiner Rechner,
Der Ehr' und Ruhm für fetten Zins versteigert.

Eberhard.

Ihr glaubt doch nicht —

Dankmar.

Ich glaube dem Beweis
Und, Fürst, Ihr seid mir den Beweis noch schuldig,
Kraft dessen Ihr den König auch verdient,
Der Recht und Rolle einklangsvoll vertheilt
Und seine heiligste Bestimmung kennt —

Eberhard
(macht Miene zu erwidern).

Dankmar.

O macht es allen Völkern augenscheinlich,
Daß Ihr für Eures Vaterlandes Größe,
Die Eurer Größe Raum und Nahrung gibt,
Auch Euren Vortheil einzusetzen wißt.
So steht der Sinn, so fordert es die Sache!

(Dankmar mit seinen Gefährten nach der einen Seite ab. Eberhard bleibt allein und betroffen stehen. Indeß tritt Otto von der andern Seite mit hastigen und dröhnenden Schritten auf. Er ist ganz in Eisen gehüllt, mit einem kurzen Römerschwert und einem kleinen Schilde bewaffnet.)

Vierter Auftritt.

Otto. Eberhard.

Otto
(tritt Eberhard herausfordernd entgegen).

Eberhard.

Werda! wer bist du! he!

Otto
(schlägt dreimal mit dem Schwerte heftig an den Schild).

Eberhard.

Kerl, hebe dich,
Wenn du nicht willst die Eisenlarve lüften!
Sonst lenk' ich wahrlich meine Klinge so,
Daß Glied um Glied von deinem Körper bröckelt,
Wie Stein und Mörtel von verfallnen Burgen.

Otto
(wiederholt die obigen Schläge).

Eberhard.

Wolan, wem auch die Schnauze zugehöre,
Die hinter diesem Maulkorb sich begrub,
Mich drängt es, endlich klirrend dir zu sagen,
Wie deine Haltung mir die Galle rüttelt.
(Sie treffen auf einander. Nach zwei oder drei Streichen fällt Eberhard zu Boden.)
Ich merke, Freund, Geburtsarzt bist du nicht;

Allein mich dünkt, du seist dazu geboren;
Denn Schnitte machst du weit und tief genug
Und meine Seele kann ich auskindbetten. —
Jetzt aber öffne des Gesichtes Gitter,
Auf daß ich wisse, ob ich dich mit Scham,
Ob ich mit Zorn dich vor dem höchsten Richter
Als meinen Todfeind anzuklagen habe.

Otto
(das Visier zurückschlagend).

Otto der Erste, König der Deutschen
Und unbedingt!

Eberhard.

Mein Junge, sieh dich vor,
Da gibts Bedingungen, an deren Härte
Noch mancher harte Schädel wird zerschellen! —
Und unbedingt? Wie viel Bedingens macht' ich,
Als ich vom Sterbelager meines Bruders
Die Krone Deutschlands hob und diese Krone
Nach deines Vaters Vogeltenne trug? —
Ich wollt', ich hätt' Euch einen Schlangenköder,
Euch einen Rattenkönig aufgetischt
Und unbedingt! — Doch nein, doch nein, lebt wol!
Was auch die Welt noch hin und her bedingen
Ich hab' es satt, Bedingungen zu stellen,
Mich selber hat der Tod sich ausbedungen.

Otto.

Lebt wol, o Herzog Eberhard, lebt wol!
Dies Wort, ich geb' es wahrer, als Ihrs gabt —

Lebt wol, lebt wol!
So ists empfunden und so seis gesagt.

Eberhard.

Leb wol, o Welt, du gabst mir viel des Schönen,
Ich darf dich loben mit durchbohrter Brust.
Doch wenn wir sehn, daß unsre blonden Erben
So hungrig sich um unsren Wolstand drängen,
Da wird das Liebste dem Gemüt zur Plage
Und Sterbens Pein verwandelt sich in Lust.

(Er stirbt.)

Ende des dritten Aufzuges.

Vierter Aufzug.

(Saal im Kaiserpalast zu Aachen. Ein Tron, zu beiden Seiten stehen Frauen in Reihen.)

Erster Auftritt.

(**Mathilde** in Purpur mit einem Diadem auf dem Haupte steht im Vordergrunde. **Heinrich** ihr zur Rechten, zwei Frauen ihr zur Linken.)

Heinrich
(mit gesenktem Haupte).

Vergebens strömen mir von deinen Lippen
Des Trostes Spenden überredend zu,
Vergebens, Mutter! Klanglos, reizlos fällt
In meine Seele das vertraute Wort.
Es ist zu grausam, zu beschämend klar,
So weit man denkt, ist keines Menschen Lage
So bänglich, ach, und unausgleichbar elend
Wie jetzt die meine —

Mathilde.
Gutes Kind, vernimm —

Tankmar.   6

(Zu den zwei Frauen.)

Erwartet nicht, daß mein Bescheid sich ändre;
Wir dürfen uns in diesem Streit nicht schonen.
Euch Guten seis ein Trost, wenn ihr gewahrt,
Wie das Verbrechen vor sich selbst erschrickt,
Und nützlich ists uns Herschenden in Gott,
Wenn unser Feind vor aller Menschen Augen
Bußfertig und zerknirscht verendet. — Geht,
Geleitet sie hieher, wir sind gefaßt.

(Die beiden Frauen ab. Zu Heinrich:)

Ich kanns begreifen, doch verzage nicht.

Heinrich.

Bedenk' es ganz! Das Schauspiel der Enttronung
Das ein erboster Feind an mir vollzogen,
Entmannend wars und wirkt zerrüttend nach.
Es kreist und waltet das Gefühl der Schande
In meiner Brust mit ungewohnter Pein,
Des Hohnes lauernde Gehässigkeit,
Die rings um mich vergiftend sich entladet,
Beängstigt mich mit jedes Fiebers Wut!

Mathilde.

Die Krankheit, Sohn, mit der dein Wesen ringt,
Ist mit dem Glanz des Herschertums verschwistert
Und jeder lernt sie, der gekrönt ist, kennen.
Doch lernt sichs auf dem Tron auch schnell und leicht,
Wie man sich klaglos in ein Unglück finde
Und auf die Zeit und ihren Umschwung baue.

Heinrich.

O daß wir stets im Leiden schlimmster Art
Der Zeiten Großmut uns vertrauen müssen!
O wie betrübend wehrlos ist das Dasein!
Inzwischen kommt der anspruchsvolle Otto,
Der, wenn er schont, sich seiner Milde schämt.
Gereizt, entrüstet, rasend wie das Meer
Umgürtet er und schreckt die Krönungsstadt.
Von Blut gerötet und von Schlachteneifer
Entkräftet er den schwanken Widerstand.
Vertilgend stürzt er auf den Frankenherzog
Und bändigt Dankmars überraschte Freunde.
Du selber öffnest, denn du bist genötigt,
Dem Sieger schnell dies stattliche Gebäude,
Das dich bisher als treues Vollwerk schützte.
In diesem Haus, im Heiligtum der Kaiser,
Hier steh' ich preisgegeben dem Barbaren,
Der über mir sein Löwenantlitz neigt
Und mit dem Gruß, Verräter! mich zermalmt.

Mathilde.

Ich wünschte dich im bessern Sinn beraten.
Du griffst entschieden nach der Krone — wol!
Doch durften wirs bedenken? Schien es nicht
Ein Fingerzeig des Himmels so zu fodern?
Vertrieben war der Bruder, todtberichtet
Von tausend Zungen und von tausend Augen
Gesehn als ein Verblichner und beweint.
Der Aufruhr dürstete nach unserm Lorber

Und warf in Staub den königlichen Namen,
Ihn aufzurichten, wars nicht dein Beruf?
So stellt' ichs insgeheim dem Bruder vor,
So legt mein Wort es wiederholt ihm dar
Und Otto weiß zur rechten Zeit zu glauben.
O traue mir, gar leicht, gewandt und sicher
Verständ'gen sich die Großen dieser Welt.

Heinrich.

Bewundernd horch' ich, staune wie du sorgst
Und scheu' mich deiner Allmacht zu mistraun.
Indeß entreißt mich das des Kerkers Schlünden,
Mein Körper wird nicht an das Rad gerenkt,
Mein Aug vom Folterknecht nicht ausgewunden,
Mein Fuß, mein Arm nicht mit dem Beil getrennt
Allein wie traurig dünkt mich diese Rettung!
Wenngleich entschuldigt, bleib' ich doch gefährlich;
Stets wird der Argwohn mit verhüllten Dolchen
Geheimnisvollen Ganges mich umkreisen.
Von keiner Macht, von keinem Mund geächtet,
Erlieg' ich doch der unheilvollsten Acht.
Betrogen um ihr stralendes Gewand
Entzieht die Hoffnung sich der warmen Brust;
Die Wünsche stocken unter dem Gedächtnis
Verfehlter Thaten und verworrnen Trachtens;
Die Gegenwart ist wider mich in Rüstung
Und lichtlos starrt auf mich die Zukunft nieder;
Als ein Verlorner wandl' ich durch die Welt,
Als Namenlosen nimmt das Grab mich auf.

Mathilde.

Du traust mir halb, ich aber sorgte ganz
Zwar eines holdgepflegten Traums Verläugnung
Ertrotzt der Wille des Geschicks von uns —
Du sagst lebwol den königlichen Ehren
Und ich begrabe schweigend mein Verlangen,
In dir den Ersten unsrer Zeit zu lieben.
Wie feurig unser Herz dagegen eifre,
Wir müssens anerkennen, laut bekennen:
Besorgt hat uns der Himmel einen Herrn
Und einen König hat Europa wieder.
Begnüge dich als funkelnder Planet
Die Runden um die Sonne zu beschreiben,
Du selbst umstellt von prächtig=schönen Monden
Die herrlichste, die lohnendste Bestimmung
Erschließt sich dir und winkt dir stralend zu.
Der letzte der Arnulfinger ist tot,
Eröffnet ist ein weites reiches Lehn,
Im Osten zeigt sich flammend dein Gestirn
Und Baiern heißt die Pflanzstatt deines Glücks.
O welch ein Erbstrich für ein Heldenleben!
Du triffst auf Ungarns stufenlose Länder,
Ich seh' vor dir das braune Volk zerstieben,
Das Schreckbild unsrer Tage sich entwildern,
Auf Etzels Särgen deine Palmen grünen.
Du reihst um dich die Kühnsten deines Landes,
Du klimmst dem Wellenwurf des Inn entgegen,
Du lässest rastend auf des Brenners Scheide
In beinem Geist, in deines Auges Schmelz

Die schneebekränzten Zinken sich bespiegeln;
Du folgst dem Sturz des Eisack — horch, es klingen,
Es reden widerhallend Fels und Thal
Von deinem Tritt! Dir leis' entgegenwachsend
Ersteht im Flor der Ferne Stadt auf Stadt.
Du schreitest vor im Schoß des Alpenkranzes,
Es schwindet oben Gipfel hinter Gipfel
Und unten tritt, von seiner Bucht umfangen,
Schon hinter dich das segnende Tridcnt.
Es pilgern Huldigung und Unterwerfung
Mit hoffenden, mit fragenden Geberden
Dir vom Isonzo, vom Tanaro zu.
Es häuft Besitz sich flutend zum Besitz,
Zu Glück und Ruhm gesellt sich Glanz und Rang,
Es spricht ein goldner Himmel dir zur Seele,
Es schließt sich dir das Land der Wunder auf!

Heinrich.

Du bist bemüht, mein Unglück zu verdoppeln.
Je mehr das Bild der Reize sich erweitert,
Das mir aus deinem Wort entgegenglüht,
Um desto schwerer, schwärzer hängt der Schimpf,
Den ich erduldet, über meinem Haupt.
In solches Dämons häßlichem Geleit,
Wie kann mein Herz nur einer frohen Sonne,
Nur einem lichten Zweck entgegensteuern?
Es ächzt die Seele, taumelt nach Befreiung!
Es herrscht mit einer bittern Uebermacht
Im jungen Mark ein blutiges Gelüst,

Ich nenn' es nicht! – Es reißt mich wütend fort
Und heißt mich blind nach jeder Waffe greifen,
Ich nenn' sie nicht! — Ob mit dem Rot des Lebens,
Ob mit dem Blaß des Todes im Gesicht,
Du siehst mich bald, du siehst entsühnt mich wieder.
(Ab.)

Zweiter Auftritt.

(Hedwig, in Ketten, tritt auf, von zwei Frauen begleitet. Die Vorigen außer Heinrich.)

Mathilde

(sich auf den Tron zurückziehend.)

Unseligste! wann wird es dir belieben,
Mit mir, mit Gott und Gottes weiser Schickung
Dich menschlich abzufinden?

Hedwig.

Jetzt, o Gräfin.

Mathilde.

Verkennst du ganz die königliche Güte,
Mit der ich dir gestatte, dich versöhnend
Um meinen Fuß zu winden —

Hedwig.

Dich nur kenn' ich —

Mathilde.

Mit der ich dich berufe, deine Seele

Im frommen Thau der Demut aufzulösen,
Eh' dein verschuldet Haupt der Schädelstätte,
Du selbst ins Grauen der Vergeltung wanderst.

Hedwig.

Wie gütig bist du! Du berufst, gestattest —
Gestattest d i r, zu deinem Fest das Elend
Der Widersacherin zu Gast zu bitten,
Wie gütig bist du!
Ja du berufst mich, du beschwörst mich gar,
In deines Glückes Sonnenbrand zu schmelzen,
Du nimmst auf dich das Hauptgeschäft des Todes,
Zum Richtbeil schickst du Hedwigs Schatten blos —
Wie gütig bist du!

Mathilde.

Wie, noch immer trotzend?
Ertappt auf Hochverrat — und immer trotzend?
In Ketten stehst du da, das Jenseits gähnt
Dir groß entgegen — ha, und immer trotzend?
Was zögr' ich, dir den Spiegel vorzuhalten?
Dem Bösen frommt die Strenge des Gerichtes —
O du mit Ehrsucht heißerfüllte Frau!
Ich könnte mit Erbitterung dich fragen,
Ist noch ein Streif in Deutschland, wo du nicht
Den Geifer der Verläumdung hingestreut?
Wann that ich einen Schritt, bei dem ich Aermste
Nicht einem Fallstrick auszubiegen hatte?
Wie viele Freunde haben dich besucht,

Die du, o Haſſenswürdige, nicht ſtrebteſt
Zu Meuchelmördern ſchändlich umzuſtimmen?
Und welche Freundin hat bir Troſt geſpendet,
Die du nicht ſchnell mit racheheißen Planen,
Mit Groll und Umtrieb im verführten Herzen
In meinen Umkreis ſchickteſt? — Wirſt du bleich? —
Soll ich die Dolche, denen ich entglitſchte,
Dir endlich rächend ins Gewiſſen bohren,
Falls dir der Schöpfer ein Gewiſſen gab?
Sprich, ſoll ich dir die tauſend Trümmer zeigen
Von dem Gewebe deiner Hinterliſt,
Das zu zerreißen Arbeit mir gekoſtet
Und eine Klugheit, die man gern entbehrt? —
Du ſchweigſt! — Du willſt vom Schweigen Vortheil
  ziehn? —
O ich verſteh! Willkommner wär's dir heute,
Wenn ich die Stunden, die Minuten zälte,
In denen du mir **nicht** Verdruß bereitet
Und zu bereiten im Begriffe warſt!
O Hedwig, nicht verſuch' ich's; jede Ziffer
Benennt die Summe meines Glücks zu hoch
Und hat ein Gott mir Freuden zugedacht,
Du mußteſt ſtets mir Seufzer zu beſorgen!

Hedwig.

An dem Verluſte **meines** Glücks berechn' ich
Des Glückes Uebermaß, das du gewonnen.

Mathilde.

Wann war dein Unglück größer als dein Neid?

Und war dein Neid nicht groß und stark genug,
Das allgemeine Glück zu untergraben?

Hedwig.

Wie deine Lippen trefflich sind geschult,
Die Fehler deiner Feindin zu erläutern!
Und wie verfänglich mischest du die Dinge!
Du nimmst den Himmel pomphaft vors Gesicht,
Du borgst von der Gerechtigkeit die Waffen
Und Notwehr, bleiche Notwehr ist die Losung,
Die dein verschlagnes Treiben hier beschönigt!
Das ist unglaublich, das ist unerduldbar,
Das nenn' ich die Verteid'gung der Entlarvten! —
Anbächtlerische Gräfin, prahle du
Mit dem Besitze des Gewissens, prahle!
Ein gut Gewissen hast du nie besessen,
Ein klares Trachten hast du stets vermieden.
Nun jagt dich die Begier, mirs abzujagen,
Auf welchem Pfad man wandelt, wandeln muß,
Um deiner ränkevollen Thätigkeit
Mit spätgelernter List zuvorzukommen.

Mathilde.

Gestehe nur, daß man dich fürchten muß.

Hedwig.

O Weib, verderbter als Marozia,
Weil du gescheit genug bist, deine Bosheit
In einen Qualm von Frömmigkeit zu hüllen!

Nenn' mir den bösen Geist, dem ichs verdanke,
Daß ich den Augen eines ganzen Hofes
Den gräßlichen Geleitsbrief meines Unglücks
Vorzeigen muß — und unter Kettenklirren! —
Ich soll hier beichten, deinen Sieg verklären —
Und wimmernd hinter deinem Seraphswagen
Soll ich als Scheusal meine Schatten breiten!
Wer euch nicht kennte, ihr verbißnen Frommen,
Ihr aufgedunsnen, falschen Demutskinder!
Gefügig seid ihr hinter Hüll' und Vorhang
Und schmelzbar dem Sirenenton des Lasters,
Doch hart und felsentaub ist euer Herz
Im Lebensturm, im Schiffbruch der Gemüter,
Wenn rührend laut der Mensch nach Menschen ruft
Ich soll hier beichten und ich will es beichten,
Daß ich in der Bekämpfung meiner Feinde
Nie müßig bin — des aber rühm' ich mich
Und des soll jeder Mensch sich rühmen dürfen.

Mathilde.
Ich kann dich mit Gelassenheit vernehmen.

Hedwig.
Du, niemals fähig eines edlen Zorns,
Bewahrst dir allerdings in jedem Sturm
Die nackte scheusliche Besonnenheit,
An alte Kniffe neue anzuspinnen.

Mathilde.
Und doch wars meine Hand nur, diese Hand,
Die die Vernichtung abgelenkt von dir.

Hedwig.

O fromme Schuld, o sonnenhelle Makel!
Gewiß, gewiß, es ist die einz'ge Sünde,
Die dich in diesem Augenblick beklemmt.

Mathilde.

Es ist die einz'ge Sünde meines Lebens;
Ich glaub' es heute, denn du machst mich's glauben.

Hedwig.

Du aller Sünden feinste Meisterin!
Daß du am dunklen Webstuhl deiner Sünden
Nicht selbst die Todesschlinge dir geflochten,
Ist das nicht gleichfalls eine deiner Sünden? —
O es ist mehr als Sünde — Frechheit ist's,
Das Leben und die Schuld zugleich zu tragen!
Warst du die erste Spürhyäne nicht,
Die, lüstern nach dem Bette meines Herrn,
Mein klösterlich Gelübde aufgestöbert?
Hast du's zuerst nicht unsrer Priesterschaft,
Der allbewirkenden, ins Ohr geraunt?
Hast du zuerst nicht ihre Pflicht gehetzt
Mit jeder abgefingerten Berechnung
Erfinderischer Eitelkeit und Rangsucht?
Wer sehen wollte, sähe wol noch heut
Im heiligen Palast zu Merseburg
Die Spuren deiner oftgeschleiften Sohlen.
Natürlich, Frau! wer mit dem Glück der Völker
Gemütlos wie mit Scheidemünzen schaltet,

Mit niederm Geist die höchste Rechnung rechnet:
Den kanns ein harmlos Abenteuer dünken,
Den Gott der Ehe mir vom Haus zu sprengen. —
Wie hast du meinen fürstlichen Gemal,
Wie hast du ihn bestochen und geblendet!
Zu Osterfesten und Frohnleichgeprängen,
Wie griffst du heiß nach Psalm und Rosenkranz
Und stürztest betend ins Gebräng des Volkes!
Beständig auf Liebäugelei bedacht,
Wie wiegtest du dein junges, nettes Köpfchen,
Bestreicheltest die Lahmen, küßtest Bettler
Und übtest Notzucht an des Pöbels Beifall —
Mich in den Abgrund niedriger Vergleiche,
Dich unter meine Herzogskrone drängend!
Sprich einmal ehrlich, wenns dir möglich ist,
Wann stiegst du in das Lager deines Herschers,
Wo du nicht ehrenrührig dich bemühtest,
Mich aus des Mannes Brust hinauszuräumen,
Mich Hedwig und den vielbetrognen Sohn?
Und wann beschrittest du seither die Gasse
Und strebtest nicht mich allverhaßt zu machen?
Wär's Wunder, wenn du, Arglistvolle, selbst
Den Blick der wunderkundigen Apostel
Durch deinen Schacherwitz betrogen hättest!
Und wahrlich, Weib, ist das Regentenkunst,
So bist du zur Regentin auserlesen
Und für den Tron des schwarzen Cherubs reif —
Hast du die Dreistigkeit zu widersprechen?

Mathilde.

Hier darf ich schweigen.

Hedwig.

Schweige, weil du mußt.

Mathilde.

Weil du durch Wildheit mir die Antwort lähmst.

Hedwig.

Erlaubt, daß ich zum Schlechten schlechthin rede.

Mathilde.

Du lehrst mich wie man reden soll zu dir.

Hedwig.

Du weißt doch, wie man h a n d e l t gegen mich?

Mathilde.

Und fragst nicht nach den Gründen meines Handelns?
Denn diese Gründe ließen dich zu schmerzlich
Den Wert der That und deinen Unwert fühlen.
Doch was verklagst du mich, wenn der Gemal,
Wenn der bescheidne Mann, der uns erhöhte,
Wenn er am Dünkel deines Wesens krankte?
Fürwahr, der Mann ist tief beklagenswert,
Der mit dem Schweiß vollführter That im Antlitz,
Statt eines weichen, liebewarmen Busens
Ein herrisch=hartes Weib zu Hause findet!

Du barfst's am wenigsten dem Volk verargen,
Daß es so schnell, so gänzlich dich vergaß —
Du hast dich niemals um das Volk gekümmert!
Doch desto mehr bekümmertest du dich
Um schöne Leiber blankgewachsner Ritter
Und der Verdacht, daß dus zu gern geduldet,
Wenn manch ein Minneknecht die Scheu verlor -
(Hedwig schüttelt heftig an ihren Ketten.)
Ja, der Verdacht schon reichte schrecklich hin,
Dich von des Trones Höhen fortzuschaffen.

Hedwig.

Ich fass' es nun mit allen meinen Sinnen,
Daß dir das Alter ganz die Scham entzog.
Mir graut, Verdächtigungen zu entkräften,
Die ich ja Niemand außer dir verdanke
Und der verzweigten Hechel deiner Zunge! —
Du freilich hast die holde Kunst verstanden,
Verliebten Sold mit Anstand auszubeuten,
Und nebenher den Leumund so zu streicheln,
Daß er dir schwieg wie ein gestopfter Hund. —
Ihr Götter! redet mir durch Blitz und Donner,
Wer ist hier schuldig? —
(Pause.)
Ihr Unsterblichen!
Nie seid ihr anders, als durch Schweigen mächtig;
Mit Recht antwortet drum der Mensch sich selbst
Und zwar durchdringend mit metallnen Tönen,
Nicht fragend, ob sie Schmerz, ob Wollust zeugen! —

Das ist gewiß, wenn ich vom Platze wandre,
So bleibt hier eine Buhlerin zurück
Und der Palast mag sehn, wie er sich säubre.

Mathilde.

Wer zügelt ihren Wahnsinn? Wer vermag
Ihr Herz zu retten? — Kenn ich hier mich noch?
Vergeß' ich, daß ich hier als Feldherr steh'
Und mit des Siegers Hoheit reden soll?
Was halt' ich frevelnd Gottes Arm gebunden,
Indem ich das Gesetz der Schlachten hemme?
Gerichtet ist sie — fort denn zum Schaffot!

(sie winkt zum Aufbruch und will gehen.)

Hedwig
(ihr den Weg vertretend).

Du wirst mir feig? Du denkst nun ans Entrinnen?
Du in den Tod Verwünschte und Verfluchte!
Du hast die Zeit und ihre feilen Kinder
Durch List und Abgefeimtheit überwältigt:
Mich und den Geist der Braven beugst du nicht! —
Gehorch' und steh'
Und zittre vor dem Richtschwert der Natur! —
Wer tadelt mich, wenn ich mit blinder Hand
Die Runzeln dir, die heuchlerischen, glätte
Und mit empörtem Abwurf meines Mundes
Dir den geraubten Schimmer rings besuble?
Wer tadelt mich, wenn ich dein reizlos Haar
Mit rauhem Griff erbarmungslos entflechte
Und in die müden Farben deines Auges

Unwillig den gekrümmten Finger tauche?
O Weib, abscheulich über jedes Maß —
(sie zerreißt ihre Ketten und wirft sie von sich)
Herab zum mindsten von der welken Stirn —
Herab, herab das heil'ge Diadem!
Ich, die Betrogne, darf die Lust mir gönnen,
Des Lebens Majestät, die mir gehört,
Noch einmal sieghaft in der Hand zu halten!
(Sie nimmt bei den letzten Worten das Diadem von Mathildens Haupt, besteigt damit rasch den Tron und hält es hoch über sich. Mathilde fällt ohnmächtig in ihrer Frauen Arme und wird unter allgemeiner Verwirrung durch eine Seitenthür hinausgetragen. Alle ab bis auf Hedwig, die in ihrer Stellung verharrt.)

Dritter Auftritt.

Hedwig. Dankmar.

Dankmar
(hinter der Scene).

Bewacht das Hauptthor! — Nichts, was lebt, entkomme! —
He, Mutter, Rettung!
(Bricht mit gezogenem Schwert von der andern Seite in den Saal und stürzt seiner Mutter zu Füßen.)
Mutter, theure Mutter,
Ich habe dich und meinen Stern mit dir!

Hedwig.
(ihn vom Tron herab umarmend).

Mein Kind, mein Dankmar!
(Pause.)

Dankmar.

Dankmar.

Jetzt kein Zaubern, komm'!
Kein weites Athemholen, folge mir!
Noch sind wir die Begünstigten, noch steht
Die Macht des Augenblicks für uns in Waffen,
Für uns in Waffen Eberhard der Franke!
Er hat auf mein Gebot die Schlacht begonnen —
Bedenk', des Freundes Herz ist unser Schicksal —
Er wankt vielleicht, wir treten in die Reihen,
Wir muntern auf, wir helfen, wir entscheiden,
Du bist versöhnt und unser ist die Welt!

Hedwig.

Wolan, so laßt uns eilen!

(Sie gehen dem Ausgange zu. Als **Dankmar** die Thür öffnet, vernimmt man den dumpfen Fall eines Gegenstandes hinter der Scene.)

Dankmar

(stürzt mit einem Schrei zurück).

Eberhard!

Hedwig.

Wo ist er, sprich!

Dankmar.

Es war sein blutig Haupt,
Das man mir eben vor die Füße rollte. —

Ende des vierten Aufzuges.

Fünfter Aufzug.

(Scene wie im ersten und dritten Aufzug.)

Erster Auftritt.
Hedwig. Dankmar.

(Gefecht hinter der Scene. Dankmar tritt auf, in der Rechten das gezückte Schwert, am linken Arm seine Mutter tragend.)

Dankmar.
(Die Verfolgenden mit dem Schwerte zurückdrängend.)

Ich werf' euch jedes Schmachwort der Verachtung
Ins Angesicht, ihr unberufnen Scharen!
Weß Ranges seid ihr? Bürger insgesammt,
Doch Mann für Mann der Jagdhund eines Zwing=
herrn.
O welch ein Mut, o welch ein Edelmut,
Den allbedrängten, ganz verlassnen Kämpfer,
Unwürdig zu verfolgen! — Platz im Rücken! —
O Stunde des Verzagens und der Furcht,
Wer sagt, er kenne sich, der dich nicht kennt? —
Nach welchem Dunkel wend' ich meine Schritte

Zu welchen Sternen heb' ich mein Gesicht
Und welches Elements Gewalt beschwör' ich,
Geliebte Mutter, daß dir Rettung werde!
Wohin hat die Verwirrung mich verschlagen? —
Wie, wars ein außerirdischer Gefährte,
Der seine Leuchte mir ums Haupt geschwungen?
Dort ist der Dom, ich öffne rasch die Pforte,
Ich tret' als Flüchtling schutzbegehrend ein;
Ich trage dich durch seine Säulengänge,
Ich eile zum Altar und lade dich,
Du meines Lebens ganze Lieb' und Last,
Im Schoße dessen ab, zu dem sie beten.
Sie werden kommen, werden dich entdecken
Und Ueberraschung, Ehrfurcht wird sie binden;
Sie werden am Altar dich nicht ermorden,
Nicht ihren Gott mit deinem Blut besprengen —
          (Er eilt auf die Pforte zu und findet sie verriegelt.)
Verschlossen, wie der taube Stein verschlossen,
Wie das Verhängnis herzlos, nicht zu rühren!
          (Er läßt H e d w i g vom Arme gleiten.)
Was, Mutter, bleibt uns noch?

Hedwig.

          Der Mut, zu sterben.
          (Waffengeklirr draußen.)

Dankmar.

Verfüge rasch dich hinter mich, o Mutter!

Zweiter Auftritt.

Hedwig. Dankmar. Prinz Heinrich mit Bewaffneten.

Heinrich.

Horch auf, o Dankmar, wäge deinen Hochmut,
Dann wäg' in mir die schwellende Begier,
Ihn züchtigend zu fassen —
Ergib dich, du bist reif!

Dankmar.

Das bist du nicht;
Drum sei verwundet erst und nicht erlegt.
Die Schande bringe deinen Sinn zur Reife
Und dich zu töten tret' an dich die Scham!

(Haut auf Heinrich ein.)

Heinrich
(zurückweichend).

Getroffen bin ich — armer Scherz des Zufalls!

Hedwig.

Wars mehr als Scherz, so denk' als Mensch zu sterben
Da du als hohle Puppe hast gelebt.

Heinrich.

Noch nicht, noch nicht; zu vorschnell bäumst du dich,
Verrückte Löwenmutter!

Hedwig.

Still doch, still!

Wärst du mein Sohn, wo fände sich der Mund,
Der mich im Traum nur Löwenmutter schölte?

Heinrich.

Hausnatter du, genügend kenn' ich dich!
Sei Gott mit dir und Gottes lichte Schar,
Gelangt mein Grimm dir an die welke Kehle!
So sehr hat mich die Kränkung bleich gefärbt,
Daß michs mit nichten schamrot machen soll,
Auch dich mit rücksichtslosem Schwert zu fällen.

Dankmar.

Zu allen Zeiten wars des Feiglings Art,
Sich dort mit Kraft und Löwenmut zu brüsten
Wo des Bedenkens sich ein Held nicht schämt. —
Mach fort, mach fort, du Alabasterprinz!
Was klapperst du mit ärgerlicher Zunge?
Schaff' weg dein bleiches Weltverdrußgesicht
Und wolle nicht, daß ichs im Blute wasche,
Bis es so rot ist, wie die Purpurtraube!

(Treibt Heinrich und dessen Gefährten hinaus. Er selbst bleibt an der Gränze der Bühne stehen und blickt in die Ferne, aus welcher man dumpfes Geschrei und Waffenlärm vernimmt.)

Dritter Auftritt.
Hedwig. Dankmar.

Hedwig.

Mein Sohn, vernimm —

Dankmar.

Ich höre, Mutter!

Hedwig.

Wo,
Auf welcher Straße rückt der Tod heran?

Dankmar.

Mich dünkt auf keiner.

Hedwig.

Wie? Sieh noch einmal!

Dankmar.

Komm her, sieh selbst! Ich finde Steg und Straße
So sehr von unsern Feinden vollgedrängt,
Daß selbst dem Tod zum Wandel Raum gebricht.
Er naht geschnellt, geworfen und geschleudert,
Auf Speer und Bolzen stürzt er durch die Luft.

Hedwig.

O Graun, wo wäre Rettung!

Dankmar.

Wahrlich, Mutter,
Mir ist beinah, als wär' es höchst verständig,
Für meinen Theil auch an den Tod zu glauben.

Hedwig.

Tritt näher, Dankmar, laß zunächst uns glauben,

Es sei der Tod, der hier zu herschen wähnt,
Ein Knecht des Willens und uns untergeben.

Dankmar.

Das ist die Kriegslist aller Tiefentschlossnen.
Wer die versteht, der kann mit Vortheil schlafen,
Auch wenn ihn Welt und Unterwelt befehdet.

Hedwig.

Dann geht der Vortheil wie ein Gott mit uns,
Was hält uns ab, uns dessen zu bedienen?

Dankmar
(Ihr um den Hals fallend).

O Mutter, laß mich einen Augenblick,
Eh' wir den Weg, den furchtbarsten, betreten,
An deinem Busen weinen wie ein Kind.
Verspotte mich, wer sich gesichert meint!
Betäubt vom tiefen Misklang alles Lebens,
Umwittert vom Gorgonenblick des Todes,
Wie bin ich reif, nach einem Trost zu fragen!
O Jenseits, Jenseits wellenloses Meer,
Das ewig sprachlos seine Schlünde dehnt,
Um eine Welt voll Sprache zu verschlingen!
Wie hat voreinst mein warmer Kinderglaube
Mit ungezählten Wundern dich geschmückt,
Mit Majestät und Glanz dich ausgestattet!
O könnt' ich jetzt noch mit dem Aug des Kindes
Zu deinem dunklen Kreis hinunterblicken

Und mitten in der Werkstatt der Vernichtung
Des Lebens farbenreiche Glut entzünden!
Welch ein Gewinn, wie freundlich für die Seele,
Die jeden Stillstand im Gemüt als Qual
Und jeden Schritt zum fernen Ziel der Dinge
Als That, als Segen und als Sieg empfindet! —
O sei geduldig, sei mir holdgesinnt!
Verwehrt ist mirs, mein Leben ganz zu leben,
Vergönne du, daß ich ein Nestchen stammle;
Was wär' ich jetzt noch Beßres als dein Kind?
O laß mich diesen wandelbaren Aether
Zum schimmernden Kristallgewölb verdichten,
Ihn neunfach heben über die Gestirne
Und unter seinem weitgespannten Saum
Die Säulen rings, die diamantnen, ordnen!
Ein Bogen, mächtig wie das Licht des Morgens,
Ein hellbesternter Bogen sollte sich
In stolzer Höh' von Säul' zu Säule schwingen;
Das goldne Thor, der Erde zugewandt,
Wie sollt' es gastlich in die Weite funkeln!
Bestellt wär' eine Fülle hoher Geister,
Die ferne Halle würdig zu bevölkern;
Gewalt'ge Trone richteten sich auf
Und große Sonnen reihten sich zum Kranz.
Und ich, ich stieße freudig meinen Nachen
Vom Rande dieses erdgebornen Nebels,
Ich eilte, segelte von Stern zu Stern,
Schon pocht' ich an den göttlichen Palast,
Schon trät' ich sehnend, trät' ich suchend ein;

Ich fände dich — dich auf dem hellsten Tron,
Den dort mein Geist geheimnisvoll gegründet,
Ich fände dich im Stral des Diadems,
Das dir mein Arm hier nicht erkämpfen durfte,
Ich stürzte dir zu Füßen, dir ans Herz,
Ich riefe: Wiedersehn, ach, Wiedersehn!
Und weinte, Mutter, weinte, weinte, weinte.

Hedwig.

Kein Trost! kein Trost!

Dankmar.

Ihr Sonnen und Gedanken!
Mich dünkt es schimpflicher, als jeder Schimpf,
Mich dünkt es schmerzlicher, als Todesschmerz,
Daß dieses arme Bruchstück unsres Lebens
Vermittelst Märchen sich ergänzen muß. —
Gib mir das Fläschchen!
(Lärm hinter der Scene. Ein Pfeil fliegt auf die Bühne.)
Wie die Meute tobt,
Der Jäger schnaubt, der Mensch den Menschen hetzt!
Weh dir, o Braver, der dus gern verschmähst,
Im Bund mit der allmächt'gen Schar der Bösen
Die Hetzjagd auf den Guten mitzuspielen!
Dir selbst, dir selbst, und wärst du götterstark
Und hättest Gott zum Freund, dir steht bevor,
Aus dieser Welt hinausgehetzt zu werden. —
Jetzt könnt' ich einer Tigerkatze schmeicheln —
Gib mir das Fläschchen, es ist Wanderns Zeit!

Hedwig.
Was meinst du, Kind, was will dein Wort erzielen?

Dankmar.
Du denkst, ich wüßte nicht —?

Hedwig.
Was soll ich sagen?

Dankmar.
Es ist nicht liebreich, daß du mirs verläugnest.
Du wagst so wenig, als einst Hannibal,
Vor Freund und Feind zu stehen ohne —

Hedwig.
Gift!
Ja Gift, ganz wol — es war —

Dankmar.
Dein Schutzgeleit.

Hedwig.
Als immer sichrer Halt und Zuverlaß,
Wie hat es mir die schwere Kunst erleichtert,
Die Hoffnungen zu dehnen — ach, es war —

Dankmar.
Bestimmt für einen Augenblick, wie dieser.
Vertrau' mir das Gefäß! Ich denke, redlich,

So redlich wie die finstre Macht der Zeit
Sein Theil Zerstörung jedem zuzumessen.

Hedwig.

Sie haben mirs entrissen — rohe Hände,
Die mich betäubten, mich zu Boden warfen —

Dankmar.

Genug, genug!

Hedwig.

    Sie haben mirs entrissen,
Die Häßlichen, die mich in Ketten schlugen.

Dankmar.

O welche tiefe Bosheit des Geschicks,
In Jammers Sturmwind welch ein eigner Jammer!
Bei so viel Todesnot ist Not an Tod —
Nun komm dem Tod mit deinem Rat zu Hilfe.

Hedwig.

Ich sehe nirgends Rat, als bei der Waffe,
Die deine Hand, nicht meine führen lernte.

Dankmar.

Wie das? Ich lernte meine Mutter küssen —

Hedwig.

Du lerntest töten —

(die Arme ausbreitend.)

Triff, was zweifelst du,
Was übst du lang Verrat an deiner Kunst?

Dankmar.

Es sei — fahr' wol! Ich weiß, wie mans vollbringt.
Ich decke mit der Linken mein Gesicht
Und mit der Rechten —

Hedwig.

Wer entdeckte je
Bei so viel Heldensinn so große Schwäche!

Dankmar.

Für Cäsars Ruhm nicht geb' ich diese Schwäche!
Gepriesen wird die laute That des Helden,
Gesegnet jede Probe des Gemütes.
Ihr seid behend, ihr Fraun, und unternehmend,
Was aber recht ist, weiß allein der Mann.

Hedwig.

Das Schicksal weiß indeß, was nötig ist.

Dankmar.

Der niedre Sinn, der Unverstand der Menschen,
Die sind es, die das Schicksal nötig machen. —
So halte Stand! Es gilt — fahr' wol, fahr' wol!
Wer Thränen hat, der ist befugt zu weinen.
(Er hält die eine Hand vors Auge und führt mit der andern einige
Stöße gegen sie, ohne sie zu erreichen.)

Nein, nein, nein, nein! Das hieße frech und sinnlos
Ein Schiff, ein stolzes, bohren in den Grund,
Mit den Gemütern aller, die da leben,
Mit dieser ganzen Schöpfung an dem Bord! —
Ich denk', ich denke mir, es sei vollführt,
Ich ließe meine Hand vom Auge sinken,
Ich sähe dich, die du mir Schöpfung bist
Und mit der Allmacht der Natur mich lenkst,
Ich sähe plötzlich dich zerstört, entzaubert,
Des Lebens heiligsten Altar zerschlagen,
Die Fackeln wie vom Sturmwind ausgelöscht,
Um mich die Nacht, die unbesiegbar dunkle,
Und hinter mir der Chor der Rächerinnen!

Hedwig.

Was also wollen wir?

Dankmar.

Vernimm, dort hinten,
Dort schlingt sich eine kleine Wendeltreppe
Zum Dach des hohen Doms empor — versteh',
Wir klimmen —

Hedwig.

Meinst du?

Dankmar.

Angelangt dort oben —
Dort nehmen wir uns herzhaft Arm in Arm —

Hedwig.
Und wandeln nicht denselben Weg zurück.

Dankmar.
Nein, keinen andern Weg, ich schwör's, als den,
Den alle Großen dieser Erde wandeln —
Von steiler Höh' in ein zerschmetternd Grab.

Hedwig.
Geläng' das uns, wär' alles wol gelungen.
Komm, komm!

Dankmar.
(nachdem sie einige Schritte gegangen).

Halt, steh'!

Hedwig.
Bereust du?

Dankmar.
Nein. — Doch wie?
Gesetzt, es hätt' ein schadenfroher Teufel
Sich eben lauernd in der Luft versteckt
Und dächt' ein Spiel, ein teuflisches, zu treiben.
Wir hätten schon den Todessprung gewagt,
Wir eilten schwingenlos durchs Element,
Wir langten stürzend auf dem Estrich an,
Ich — ganz zerstückt, des Geistes ganz entlebigt,
Du ganz gebrochen, doch nur halbentseelt!

Bedenk', bedenk' und sieh dich dort am Boden
Beim Eckstein liegen, übertüncht mit Blut,
Zerrüttet ganz und ganz gekrümmt und elend!
Dir wär' im Herzen nicht die Macht geblieben,
Dir in den Armen nicht die Kraft geblieben,
Dem Tode nachzuhelfen, deine Wunden
Bis zum Versteck der Seele zu vertiefen.
Du müßtest winseln, ächzen, Hilfe rufen,
Und eilends kämen alle, die dich hassen,
Und die dich fürchten, stünden furchtlos da.
Sie jubelten, sie höhnten dich, sie streckten
Die Hände dreist, gefühllos aus nach dir!
Fort, scheußlicher Gedanke, fort für immer!
Wer kann dich denken, ohne zu erblassen?
Hier steht geschrieben, hier im Buch des Herzens
Mit jedem klaren Zeichen der Natur:
Es solle dich kein Sterblicher besitzen,
Der dich nicht liebt — — —
Eh' mach' ich dich zu Moder und zu Staub,
Daß dich der tolle Wirbelwind erfasse,
Im Tanze dich durch Forst und Anger trage
Und auf der Straße dich der Bettler athme!
Du sinn' auf andres —

Hedwig.
(ihm das Schwert aus der Hand nehmend).

Borge mir dein Schwert —
Denn ewig ungedeihlich ist der Schmerz!
Dies sagt dir jemand, der da viel geweint.

Dankmar.

Wie soll ich das verstehn? Du wolltest selbst,
Du selbst mit dieser seelenlosen Schneide
Den Aufenthalt der Seele suchen? — Sprich,
Du selbst, du wärest seelenlos genug,
Mich nicht zu fragen, wo die Seele wohnt,
Und ließest schmerzlich mich dein Urtheil fühlen?
Kennst du den Weg zur Seele? — fürchtest nicht
Ihn in der schwersten Stunde zu verkennen?
Du ahnst es nicht, du ahnst es nicht, o Frau,
Wie leicht man irrt, wie leicht man ihn verfehlt. —
O wehe! wehe!
Wie reichbeseelt ihr scheinen mögt, ihr Fraun,
Wie gern euch drum der güt'ge Mann bekränze,
Ihr wißt es doch nicht, wo die Seele wohnt!

(ihr das Schwert sanft entwindend.)

Auch du, auch du, auch du, du weißt es nicht,
Du weißt es nicht, du weißt nicht, wo sie wohnt.

Hedwig.

(mit einem Schrei des Schmerzes ihm an den Hals stürzend).

Bei dir, bei dir, was ich an Seele habe,
Bei dir, bei dir, mein Kind, und bald mit dir
Und bald um dich im tiefen Kreis der Schatten!

Dankmar.

Du küssest mich — lebwol, lebwol, lebwol!
Und wär' ich nichts gewesen, als dein Sohn,
Ich stürbe so zufrieden wie Augustus! —

O hätten meine Lippen die Gewalt,
Die gierige Gewalt der schnellen Flut,
Um mit dem Kuß, dem letzten lebenswarmen,
Die Seele dir vom Mund hinwegzuspülen! —
Umsonst! Umsonst! ach sie vermögens nicht,
Vermögens nicht die Lippen deines Kindes —
Empfange denn von deines Kindes Schwert
Den kalten Friedenskuß der Ewigkeit!
(Er durchbohrt sie, doch ohne sie aus den Armen fallen zu lassen —
Nach einer Pause fährt er mit der Hand über ihr Gesicht.)
Das nennt man sterben, diese stumme Bitte
Um Nimmerwiederkehr; — — Ein Grab! Ein Grab! —
Erhabnes Rund der unermeßnen Schöpfung!
Mein Herz erläßt dir deine goldnen Sterne
Und deiner Berge, deiner Ströme Pracht,
Gib mir ein Grab, ein Grab für meine Liebe!
(Ab mit der Leiche. Von allen Seiten bringen bewaffnete Scharen auf
die Bühne.)

Vierter Auftritt.

Bewaffnetes Volk. Dankmar ohne Hedwig. König Otto.

Volk

(drängt während des Hereinstürmens Dankmarn in die Scene
zurück).

Er ists, er ists! Drauf los! schlagt zu, schlagt zu!

Einige.

Der König wünscht es nicht!

Andre.

Ja doch — schlagt zu!

Dankmar

(der sich fechtend bis an die Kirchpforte zurückgezogen hat).

O Haß, wie trefflich wird dein Amt verwaltet!

Otto

(auftretend).

Laßt ab, die ihr bedachtlos stürmt, laßt ab!
Zurück, zurück! daß keiner ihn berühre,
Sich keine Hand ihm allzufeindlich nahe!

(Die Gruppen treten auseinander.)

Hier ist — wer fühlt es nicht? — hier ist ein Streit,
Der mehr von dem, der über uns verfügt,
Als von der Rauhheit unsrer Herzen stammt.
Traun, solchen Streit zu lösen heischt Bedacht
Und ohne Mittler nehmen wirs auf uns.

Dankmar.

Weh mir, das ist der lästigste Tyrann,
Der denkt mit Seelenadel mich zu morden —
Geduld, du sollst mir Galle trinken!

Otto.

Bruder!

Dankmar.

Du bist es, der den Vater Schwächling schilt;
Denn war er männlich und sich selbst getreu,

8*

Nie hätteſt du des Athems dich erfreut,
Hier Bruder mich zu nennen.

Otto.

Dankmar! Dankmar!
Mir ſchäumt der Zorn zu Gipfel — — aber ſeis!
Sanft will ich reden und mit kühlem Blut,
Will denken, Unglück hat ein Recht zu ſchmälen —
Hör', Bruder hör' —

Dankmar.

Mir frommt es, taub zu ſein.

Otto.

Uns beiden ſoll es frommen, wenn du hörſt.

Dankmar.

Dir, der du nüchtern denkſt und feig zugleich,
Dir muß es ſchlechterdings geboten ſein,
Den Schleichweg einzuſchlagen und den Sieg
Ins Garn zu locken durch die Liſt der Rede.

Otto.

Du helles Aug der wolkenloſen Sonne!
Du ſiehſt, du weißt es — wann bedient ſich Otto
Des Schleichwegs und der Liſt? — Nein, Otto ſteht
Hochragend aufrecht, aufrecht wie ſein Volk!
Und wenn er geht, ſo geht er wie der Maſt
Am weiten Spiegel blinkender Gewäſſer,

Und zwingt das Schicksal ihn, gebückt zu gehn,
So lenkt er seinen Körper in die Lage
Der sturmgetriebnen Feuersäule — — Dankmar!
Der Otto denkt so ehrlich wie das Lamm,
Er liebt so ernst und strenge wie der Löwe.
Er weiß nicht feig zu sein in Haß und Liebe —
Weswegen auch?
An einen echten, rechten König wagt
Sich nur das ungeheuerste Verhängnis.

Dankmar.

So möge das Verhängnis dich verschlingen.

Otto.

Du laß dich retten durch ein offnes Wort.

Dankmar.

Ich aber sehne mich nach offnen Wunden.

Otto.

Wofern du noch erwägen kannst, erwäge!

Dankmar.

Wozu? Erwägenswertes sagst du nichts.

Otto.

Vor allem das, weshalb wir beide leiden.

Dankmar.

Das fällt natürlich einzig mir zur Last.

Otto.

Nicht dir, nicht mir, noch dem, der uns erzeugte.

Dankmar.

So wär' der Teufel schuld? — Das wär' des Teufels!

Otto.

Was sprach die Kirch' zu Heinrichs erstem Ehbund?

Dankmar.

Du sprichst nicht ungestraft das Schlechte nach.

Otto.

Doch wards im Volke gläubig nachgesprochen,
Und Heinrich war ein König seines Volks.

Dankmar.

Er hätt' aus Scheu vor dem gemeinen Glauben
An Sohn und Gattin grenzenlos gesündigt?
O welch ein Held und König, der da tanzt
Nach dem verworrnen Sumpfgesang der Frösche!

Otto.

Ein zwingendes Gesetz, bedenk' es wol,
Ist allen Königen des Volkes Glaube
Und ihm gehorchen sie wie der Natur —

Dankmar.

O Wunder, Wunder, mehr als wunderbar!
Es ward aus Scheu vor dem gemeinen Glauben

Ein Weib voll Kraft und Fülle schöner Neigung,
Ein edles deutsches Weib hinausgestoßen
Und Spinn' und Skorpion ins Land geschmuggelt!
Es ward aus Scheu vor dem gemeinen Glauben
Die Glaubensfreiheit treulos hingeopfert
Und um ein finstres Glaubensjoch verwürfelt,
Die lichte Göttin mit den klaren Augen
Vertauscht, vertändelt gegen ein Gespenst
Und so der erste Drachenzahn gesät —
O gift'ge That der garstigsten Verblendung!

Otto.

Nicht brausen, Dankmar!

Dankmar.

                    Wär's auch nötig? Nein!
Ihr Bösen werdets nicht zu läugnen wagen,
Was längst die Guten und Gerechten fürchten!
O daß das Schändlich=arge wär' geschehn
Durch ein Versehn des schweifenden Verlangens,
Durch einen Fehlgriff des erhitzten Blutes,
Es wär' entschuldbar! — Nein, es war der feigste,
Der allerfeilste Winkelzug der Staatskunst,
Es war der elendste Regententrumpf
Aus blöder Furcht vor einer platten Meinung!
So ward ich Bastard, also warst du König,
So ward mir unter Edlen, unter Bürgern
Das Los der Misgebornen vorgezeichnet,
Das Notrecht des Geduldeten ertheilt;

So ward mir eine Seele miterzeugt,
Mir eine Seele mit gebrochnen Schwingen!
O Geist des Vaters, sieh, hier steht dein Kind,
Ein Krösus durchs Vermächtnis deiner Schuld,
Und dies dein Kind gesteht es ächzend ein:
Du wußtest meisterhaft dein Volk zu achten!
So möge jedermann dich wieder achten,
Um dessen Achtung du dich heiß bewarbst;
Mir ist dein Name, mir dein Angedenken,
Mir bist du selbst nicht mehr, nicht minder heilig,
Als auf dem Eichenlaub der blasse Thau,
Der in der Sonne der Verdunstung harrt!

Otto.

Für dieses Wort verdienst du allerdings,
Daß ich dich faß' am Busche deines Haares,
Daß ich dich knüpf' an meines Renners Ferse
Und grimmig schleif' um dieses Domes Quadern.
Auch hast du meine Liebe kalt gemacht
Und meine Sprache trifft dich mit dem Klang,
Dem kurzen, trocknen Klang des rohen Erzes.
Ich weiß, du bist es, der die Geister blendet,
Die Herzen lenkt auf ungewisse Bahnen.
Du gibst dem Aufruhr Namen und Gestalt,
Du bist von Träumen alter Weiber trunken —
Und nicht errötest du vor solcher Thorheit?
Und also fragt dich Otto stramm und knapp:
Erflehst du Gnade dir, bevor ich zürne,
Daß ich dem finstern Schergen die Bemühung
Und meinem Haus die bittre Schmach erspare?

Dankmar.

Ich? Dich um Gnade flehn, bevor du zürnst?
Weswegen zürnst du nicht, bevor ich flehe? —
Und flöge jetzt dies kahle Stück der Schöpfung
Mit mir zum hohlen Aether sausend auf,
Und riefen oben Sterne: Fleh' um Gnade!
Und schrieen unten Teufel: Fleh' um Gnade!
Ich flehte nicht und trotzend stünd ich dir!

Otto.

Bedenk', es gibt ein Volk, ein gutes Volk,
Das mehr, als wir, durch dies Zerwürfnis leidet.

Dankmar.

Ein Volk?! Was für ein Volk? — Sprich, etwa dieses,
Mit dem du mich, den schonungsvollen Gegner
Nach Art der Hordenkönige bestürmst?
Wär's dieses Volk, das hier gedankenlos
Der rohen Ueberlegenheit sich freut?
Dies Volk bedenken, dessen Wahn zu Liebe
Mein Vater mich zum Bastard umgeschaffen?
Dies traurige Gemisch von schalen Häusen,
Das jedem Götzenbild gefällig opfert,
Der Schrulle nachläuft, den Charakter flieht,
Den Tropf bewirtet und den Mann verscheucht;
Dies hoffnungslos hinbrütende Geschlecht,
Dem kaum der Schatten dessen, was es soll,
Im engen Hag der Hirngespinnste kreist,
Dies trübe Volk bedenken? — Ihr Gewitter!

Ertränken magst dus im Cäsarenglanz,
Versenken laß michs in Vergessenheit,
Wie den Verstoß, den man zu spät beklagt,
Wie die Verirrung, deren man sich schämt. —
Du aber, Mensch, der du des Glaubens lebst,
In mir ein gleiches Afterherz zu finden,
Du denk' vor allem, daß das Leben schwankt.
Ich fordre dich mit jedem Donnermund
Der tiefgekränkten, leidenden Natur
Auf die berühmte Schneide meines Schwertes.
Bevölkre deinen Luftkreis, wenn du kannst,
Mit jedes Schreckens glotzendem Gesicht
Und schüttle deine lenzbeträuften Locken,
Du kämpfst mit Dankmar!

Otto.

Wir auch sind gelaunt,
In diesem Augenblick das ird'sche Leben
Als grausam ernstes Wettspiel zu betrachten
Und unser Höchstes ungesäumt zu wagen.

(Dankmarn mit dem Blicke messend.)

Mehr als gewöhnlich greift es ins Gemüt,
Daß dieser volle, herrlichkühne Strom
Mit seinem majestätischen Gefäll
Im Vaterland sein rechtes Bett nicht findet.
Glück auf! Glück auf! Wir kämpfen in dem Sinne,
Daß wir auf Deutschlands Erde keinen dulden,
Der uns und unsres Volkes Wert verkennt!

(Sie prallen zusammen. Es wird mit großer Leidenschaft gefochten. Während einer Pause, in der sie sich mit den Blicken mustern, treten in dem Vorbergrund Heinrich und Bruning auf und bleiben, von den übrigen unbemerkt, am Eingange der Bühne stehen. Bruning trägt einen Bogen.)

Lezter Auftritt.
(Die Vorigen. Prinz Heinrich. Bruning.

Bruning.

Sieh' da, ein Zweikampf!

Heinrich.

Freund, es ist ein Krieg. — Gebt mir den Bogen, Bruning!

Bruning.

Laßt es mich Versuchen, Prinz!

Heinrich.

Gebt mir den Bogen, sag' ich, Ihr seid kein guter Schütze!

Bruning.

Nehmt, Glück zu!

(Unterdessen sind die Kämpfenden abermals aneinander geraten. Dankmar schlägt Otto den Helm vom Haupte. In diesem Augenblick zielt und schießt Heinrich nach Dankmar. Dieser stürzt getroffen zu Boden.)

Dankmar.

So siegt die Welt!

(stirbt.)

Otto

(nach dem Vordergrund eilend).

Wer übt hier Mord?

Bruning

(auf ihn zugehend).

Mein König — —

Otto.

(Sein Schwert gegen ihn zückend, mit donnernder Stimme).

Ihr!?

Bruning

(ihm zu Füßen fallend).

Verzeiht es war ein Pfeil,
Der mitten aus dem Volksgedränge kam.
Vergebens sucht das Auge nach dem Thäter,
Der Zufall, denk' ich, hat am Unglück Theil.

Otto

(sich Heinrich nähernd).

Mein Bruder Heinrich, Ihr seid merklich bleich!

Ende.